山海都到面前來

吳敏顯 著

目次

輯一

春天的瘦痛

黃昏的景致

1.

年代不同，流行話語也不一樣。從前人們安慰上了年紀的人說，好酒沉甕底，夕陽無限好；現代人比較直來直往，難免相互勸戒，老了就該認分，這已經是少年郎的天年了！

年輕朋友像主考官那樣問他，有臉書嗎？他總笑著回答，有！你不妨近點兒瞧，除了抬頭紋、川字紋、魚尾紋、眼袋紋、法令紋，你還能夠由其他溪河溝渠分支，突疣贅痣及老人斑中，讀出更翔實篇章——無論行草篆隸，新細明、標楷體、粗黑、中黑、細黑，或反白、中空、立體留影……樣樣皆俱，繁簡兼備。

至於賴不賴？他說，一個人既然害怕觸及非死不可，當然不敢隨便賴呀！

小時候被長輩視為一隻猴囡仔。

為什麼是猴囡仔？大家不難想到，說的肯定是小說裡或戲台上那隻動輒七十二變的孫悟空，意思是誇讚這孩子腦袋聰明手腳靈巧。

他說，你猜錯了。正確答案是，早年家裡窮且食指浩繁，導致營養不良，身材瘦小得弱不禁風，猶如齊天大聖拔根汗毛變出來的小嘍囉。

但不管如何，鄉下孩子畢竟有猴王可供追隨，四處戲耍胡鬧。跳過水溝，爬下果樹讓主人拿根竹桿攆著跑，翻越圍牆逃課，泡在溪裡摸蜆，潛入戲台下偷看藝旦梳妝……諸多劣跡不及備載。

多少年之後，猴囡仔變成老猴子，行動遲緩笨拙，走到哪兒坐到哪兒，差不多像塊滾不動的石頭。

想過馬路，看著開過來的汽車還在老遠，哪知道才走一半便得拔腿逃命。這幾年大家作興罵官府，他也覺得被罵活該，既設置紅綠燈，怎麼讓它變成走馬燈，綠燈只眨眨眼，黃燈更迅如閃電。

無論騎腳踏車或徒步走在街上，都令他有種喝了酒醺醺然的感覺，眼前一切全不太真實，很多場景只好一半觀察一半猜測。

這輩子沒碰過毒品，不知道吸了毒是不是這般恍惚。除了恍惚，腦袋裡肯定住著強大的反對黨反對派，成天跟自己唱反調。

2.

大家都說，過去是白色恐怖年代。他可是這些年才察覺隨時隨地有個人緊盯著他，跟隨在他身後惡作劇。把他好不容易記住的事情，瞬間抹個乾淨。把他剛鬆手的東西，偷偷地藏起來。

這個神偷，幾乎什麼都偷什麼都藏，偏不偷不藏他的年紀和滿臉皺紋。最常演練的老戲碼，是偷走他必須戴在臉上的眼鏡，同時藏起原先還拿在手裡的書本。部分表演招數，手法類似魔術師。例如，神不知鬼不覺地將他口袋裡的鑰匙變不見了，然後用什麼隔空移位手法，使那失去蹤影的鑰匙準確地插在門鎖或汽車的鎖孔上。有時候在他鎖好門之後，才發覺汽車鑰匙沒帶身上。重新開門回屋裡四處搜尋，好不容易在換下的衣服堆摸到車鑰匙，重新關門上鎖，這回卻找不到先前一直拿在手裡的門鑰匙。呵，原來是一把換一把。

誰都不得不佩服這個偷兒精通魔法，咒語一念立刻偷天換日。他想到應該帶隻筆和筆記本，方便隨時記下偷兒卑鄙伎倆與小人行徑，可等他進書房繞一圈出來，握在手裡竟然是一本雜誌。

他已經剪掉提款卡，一怕詐騙集團，二怕自己忘了密碼。開車進入市區，好不容易兜到停車位，竟然發現身上帶了銀行存摺，卻漏了印章；到醫院排隊掛號，找不到健保卡。他想了想，那順道向攤販買點水果回家，即不算白跑一趟。挑好水果秤妥斤兩，渾身上下掏遍，卻只搜出幾枚銅板。天啊，鈔票仍躺在銀行帳戶裡呀！

他喜歡背相機外出拍照，走大老遠的田間小路，啟動快門才發覺先前取出掃瞄的記憶卡，還插在書房電腦上。告誡自己下回出門一定先檢查，結果老戲碼照舊重演。

某一天，車騎半途遇雨窩進書店，很高興翻到一本他年輕時喜歡的小說，買回家重溫舊夢不到幾天，早年讀過的舊版本竟在書櫃裡朝他眨眼。舊版本以無數鉛字拼排的活字版印刷，每個字跡觸摸起來凹凸有致，彷彿用了很大力氣在書頁捶鑿出來。他告訴自己和朋友說，陳年老酒特有的香醇滋味，畢竟不同。

他習慣午後出門踩腳踏車，按例帶一壺水，方便途中解渴。有幾次騎著騎著，中途想喝水竟找不到水壺，回到家瞧見那水壺像個盡忠職守的衛兵站在門口，嘻皮笑臉地望著他。

難得閒下來打開電視欣賞影片，嗯，運氣不錯，是大牌影星主演的得獎名片。津津有味地看著看著，半個小時過去，五十分鐘過去，咦？這場景，這情節怎麼似曾相識。孩子過來瞧了一眼，睨著他說，這不是前兩個星期才看過嗎？

恍神的事兒層出不窮。買車票、買早點、買瓜果，人家說多少給多少，掏出鈔票隨人找。回頭一路盤點，始終算不出個標準答案。距離讀小學的歲月實在太遙遠，加減乘除早已還給老師，連伸出手掌數指頭都不靈光。

人到了某種年紀，老天爺總會給功課教人回到童年，吃藥要像小時候吃糖果，便是一樁。這當然不是一粒兩粒一種兩種即可了事，簡直是大珠小珠落玉盤，每天的劑量串起來足夠當手環哩！

很多事兒打馬虎眼無妨，吃藥總得規矩。從藥局買回分格排列的備用藥盒。透明塑膠盒上面，逐格印出星期幾或日期，將醫院領回來的藥丸，按類別數量分裝，依序服用。問題是，醫師在藥袋上註記的花樣繁多，有晨起空腹吃的，早飯後一小時服用的，早晚各吃一次的，按三餐後服用或三餐後外加睡前的，更有一次服用三種藥劑卻一粒半粒各自不同的。分格藥盒碰到如此境況，只能跟他這個主人一塊兒乾瞪眼。

他常想，科技日新月異，對付老人記性，將來肯定有人發明一種貼紙和手環，舉凡眼鏡、各種鑰匙、水壺、手機、相機、手表、健保卡、皮夾、各種證照……，一律貼上不同貼紙，想找哪樣東西，一壓手環按鍵，特定的貼紙立刻反射光芒並發出聲響。

當然重要關鍵是，任何人必須記得隨時把呼叫手環戴在手上，就像原本長在身上的耳朵、鼻子或手指。再不濟事，就要去發明一種萬能晶片，直接植入身體了。

另一種說法指出，人老了丟了記性，正可以讓人忘掉積累一生的恩怨情仇，肯定是老天爺恩賜。他認為，如果真是這樣，那就沒什麼好怨嘆。

偏偏他這一輩遇到的，不是貴人便是好人，有不少機會可以跟財富官職攀上關係，庸碌一生肇因往往卡在自己鄉下人安分守己的個性，若進一步剖開檢視，症狀源於臨門缺乏鬥志，甚至膽怯畏縮而自我放棄，根本說不上有何仇怨需要以失憶去止痛療傷。

他不免怨嘆，這回老天爺要他健忘，真的是誤診，而且下錯藥了！

3.

除開記性流失現象，他還發現藏在口腔裡那兩排帶點褐黃色齒列，竟然冒充白森森的陡峭冰山，經常毫無預警崩塌陷落，逐步變成兩排銳利鋸齒，持鏡檢視會看到一隻鱷魚張大嘴巴衝向自己。

柔軟靈活的舌頭日漸遲鈍，往往閃躲不了凶猛陰狠的突襲，每天都像數度被穿刺而未及更新修補的標靶。

兩隻眼睛顯然向戲台上泣訴淒涼身世的苦旦學樣，動輒淚眼汪汪。燈光太強如此，小說情節動人如此，聽人家講話也如此，必須不時掀開眼鏡架，伸出手指偷偷擦拭。

鼻孔更不設防，彷彿年久失修關不緊閘門的洩洪道，多少總要滲漏一些而未被查覺。這情景有點兒返老還童，可孩子掛著鼻涕時，身旁有大人關照，老人家鼻水來得突然，別人瞧在眼裡不便糾舉，恐怕等它滴溜溜的為自己的茶水或咖啡加料，還不自覺哩！

照說，氣力和記性該是一對孿生兄弟，一塊兒成長一塊兒衰老，偏有朋友老了還能使出大氣力，充當大聲公大聲婆。大嗓門原因在重聽，自己聽不清楚對方說什麼，起了同理心，說起話來便聲嘶力歇，而且不斷重複。

孩子送他兩顆海棉球，要他學手握鋼珠的武林高手。可他雙手每根指頭，彷彿日夜操控懸絲傀儡的老師傅所有，指節鼓突腫脹。睡到半夜會僵直抽痛，嘗試握緊拳頭，十個兄弟很難同心齊力，咯咯吵個不停。

手腳明明長在自己身上，他對它們卻莫可奈何。要痠的時候就痠，要麻的時候就麻，要僵硬的時候就僵硬，毫不含糊。從不問白天還是黑夜，倒是天氣暖和會比寒冷時好一些些。

說到這裡，他不得不感謝電腦的發明，時而僵硬或痛疼的手指無法持久握筆寫字，敲打鍵盤還算容易。

到了這種連自己都嫌棄的年紀，許多人不願意去想的，他心底非常明白，也終於體悟什麼叫聽而不聞、視而不見，該算是一種福氣吧！現代人一再強調要幸福哦！不知道是否包括這種情境？

4.

一輩子愛讀愛寫，他每讀到喜歡的作品，總要設法找到作者年譜，逐年查看與這位作者的同齡歲月，自己究竟讀過些什麼，寫過些什麼，過怎樣的生活？

他看到，只活了四十三歲的莫泊桑，卻在生命最後短短十幾年間，完成了三百多篇中短篇小說，三本遊記及六部長篇小說；而活了五十一歲的巴爾扎克，從小酷愛讀書，將近三十歲才開始認真寫作，每天要喝五十杯濃咖啡提神，果然在短短二十年間寫出九十部長短篇小說集，內容包括兩千多個人物。

而他在這兩位作家那樣的年歲，竟然沒能寫出什麼值得炫耀的文章，論質論量全都跳針，到處呈現空白。這對一個比他們活得長久的人，實在非常難堪和沮喪。

多麼令人嫌棄的年紀呀！他始終不了解，為什麼有人會高高興興地慶賀過了六十歲以後的生日，而不擔心每過一個生日等於未來存活的日子又少掉一年。

也有作家到了高齡還持續創作，《戰爭與和平》作者托爾斯泰二十三歲開始發表作品，一輩子寫個不停，直到八十二歲病倒；享年八十七高齡的薩拉馬戈，不但勤於筆耕更是不斷翻新創作模式，七十三歲寫的《盲目》及兩年後出版《所有的名字》，都被認為是他獲得諾貝爾文學獎的代表作；至於四十八歲之前大多時間做工的赫拉巴爾，四十九歲才出第一本書，但在往後三十年則是馬不停蹄地寫作。

讀到這些寫作前輩年譜，他雖然不清楚自己能不能活那麼久，仍不免祈求上天多給點時間，那麼他或許有機會寫出自己比較滿意的作品。

他從小聽過不少格言，說什麼鐵杵磨成繡花針，什麼戲棚底下站久就是你的，什麼有恆為成功之本，成功背後站著名叫失敗的母親……，現在看來，不能說這些都在騙人，可要做到並不容易呀！

他心底盤算，縱使還剩若干年可供努力，他真能拿出一張不斷超越自己的成績單嗎？

要圓夢絕不單靠想像，怎不令他慌張？

許多聲音叫他要盡量放輕鬆，要淡定。全身神經與肌膚的反應，卻像是接到相反指令。從白天掙扎到夜裡，大概得靠「入眠順」膠囊，勉強入睡。

於是，早上吞下降血脂藥丸「冠脂妥」，下午是照顧骨骼鈣片或「維骨力」，晚上則是「入眠順」。至於其他諸多器官需要維修保養，全推給偶爾塞一粒的綜合維他命，宛若學生時期的功課表，除非有本事逃課，否則必須按表操課。

5.

他非常清楚，自己已經和大多數年輕人分屬不同黨派了，開口說話動手做事，往往成了異類。

雖然，認識的朋友見到他總是說，那麼多年沒見，你模樣一點沒變，還是那麼年輕挺拔哩！他心裡明白，這是對方的教養。

事實是，不管哪個老先生老太太，如果不刻意梳理裝扮，捆紮護腰撐直腰桿，再擺出派頭，跨大腳步虛張點架式，而是以年歲給你的直白樣貌走在街頭逛進商場，肯定人人都當你是隱形人，甚至是令人嫌惡的路障。

他仔細想了想，為了不當隱形人不做路障，只好心甘情願地留家裡做在宅老人。按時服藥，至少一時半刻還不至於被體力或疾病給宰了。尤其整條巷子整片住宅區的年輕人壯年人，忙上學上班外加宴飲旅遊，剩下自己這個居家宅老，在靜謐的天地間留守，再合適不過。

到了黃昏時刻，走出巷口或踩腳踏車出門，會發現群山在平原西側跟他爭相探頭，盯著落日時而耀眼時而困頓地掙扎，最後滑落到群山背後。

天色微茫，但還不到夜晚，打起精神睜大眼睛，總能夠辨別很多景致。黃昏的景致還算是迷人，這是讓人稍稍覺得安慰的！

人的記性

1.

每個人記性不太一樣。一旦上了年紀，最不堪的警悟，是幾十年經營得多彩多姿的人生，竟然在腦子裡褪掉顏色，甚至化為烏有，連做夢都難接續。

我不清楚人的年齡與記性之間，關係該如何界定。通常會附和一般人觀點，認為人越老記性肯定越差。初始它可能隨日子一點一滴悄悄流失，教人無從警覺；及至後來，便像年久失修的磚牆，禁不起風吹雨淋，先逐塊鬆脫掉落，進而整段整面嘩嘩啦啦崩塌，不夷為平地，勢不善罷甘休。

任何人面對如此運命趨勢，若說心底還有什麼懷疑或不服氣，就是身邊偏有年紀比自己大很多的長輩，照舊逍遙自在，無視於歲月的鼓譟和驅趕。

2.

例如我舅舅，再兩年滿一百歲。

老人家一輩子都瘦精精的，似乎從未再多長一兩肉。有幾年，甚至臉色蠟黃，整天病歪歪，雙手光顧摀住肚子，要不就支撐腰桿或捧著腦袋。任何時刻，總是緊鎖眉頭，彷彿專為鉗住鼻梁上方那個凹凸不平的區塊，才長出兩道眉毛。

如果有辦法把舅舅到各診所醫院求診的病歷，蒐集堆疊一起，應該稱得上「病歷等身」。

我有個表弟住在南方澳漁港岸邊，特地向漁人買一頂可以護住耳朵及後腦勺的雪地氈帽，讓老人家在寒冷天氣好過些，可照舊沒辦法放鬆臉上聚攏的皺紋。

有幾年時間我迷梵谷，經常翻閱梵谷畫冊，聽到任何人提及梵谷，我自然會聯想到鄉下這個舅舅。可惜舅舅不會畫畫，一輩子蹲鄉下種田種菜，偶爾外出打打零工。

老人家最喜歡的休閒活動，是騎機車四處遊逛。他說，人老了兩條腿沒力氣使喚，有機車載著走，不必吃飽飯坐在電視機前面等死，真福氣。

到了舅舅九十歲，大家發現他單牽著機車都會左右搖晃，紛紛勸阻，還動員我媽媽和阿姨當說客。老人家卻拍拍自己右腿說，只要這條腿能跨過坐墊，一切便沒問題。於是斷斷續續又騎了兩三年。

早年鄉下僅有幾條路，不分寬窄曲直全是主要通道。這些路舅舅走了一輩子，哪兒急彎，哪兒高低不平，他一清二楚。問題在，二、三十年來地方選舉多，政治人物為搶選票，像得了傳染病，光曉得拿開路當成績單，不問民眾是否需要，反正經費來自大家繳納的稅金，又不多花他們分文。

鄉下地廣人稀，多幾條路橫七豎八尚不打緊，後患倒在某些有頭有臉的人緊跟著炒地蓋房，迫使人們視野越來越狹窄短淺，找不到大半輩子熟悉的地標。老人家出門認路，倍增困擾。

好在「薑是老的辣」，舅舅自有應變方法。他的訣竅是——遇到跨距長又陌生的橋梁，即毫不猶豫地掉頭。如此縱使多繞點冤枉路，終究還能回到家。

宜蘭西側靠山，東邊靠海，平野間幾條跨距大些的溪河，都是從山地流向太平洋，平行地切割出不同區塊，確實是明顯界址。老人家憑這一招，既足以證明他從經驗所衍生的智慧，還留在記憶裡。

某一天，不知道哪裡冒出一名女子，自稱某愛心團體協助老人辦理農勞保失能給付的專員。她告訴舅舅，人過了七十歲記憶開始衰退，連自己姓名年齡都記不住，不管得的是巴金森症或阿茲海默症，只需通過醫師鑑定，很快可以領十幾萬元失能給付。等錢到手，再給她一點車馬費就行了。

「唉呀，我知道你講老人痴呆啦！」舅舅邊說邊以右手食指併中指，朝自己腦袋比畫：「呆就呆，說什麼巴蔘、人蔘、高麗蔘，阿這個阿那個。我啊，誰欠我錢我都記得，誰說我痴呆？」

對方強調，這是政府給老人的福利，不拿白不拿，何況年紀大了，有十幾萬塊私房錢掖著，兒孫會更為貼心哩！

女子說得老人家動心，協助辦妥看診手續後，她不好在醫師面前露臉，使一再提醒老人家，不管醫師問什麼，只要回答「我不知道」、「我記不得」，甚至搖搖頭就行了。

經過幾次門診，做過幾項檢查，領到幾次藥丟進垃圾筒後，老人家拿著相關表件去看醫師，並照那女子再三交代的標準答案應對，果然讓醫師不斷地點頭，同時在表格上逐一打勾，或寫下幾個字。

診察結束，醫師說鑑定結果會主動寄信通知。老人家站在醫師面前，像個聽訓的乖巧學生，數度朝醫師鞠躬稱謝。

醫師覺得老人家古意多禮，趕緊起身答禮，臉上堆滿笑容，還關切他要怎麼回鄉下？

醫師這句問話，根本不在舅舅事先演練的題庫範圍，讓舅舅以為整個診察流程已告一段落，可以回復原本的他。絲毫不敢馬虎地誠實應答：「我住的鄉下沒客運車子搭，我都騎機車來去！」

「老先生自己騎機車？」醫師大概想印證自己是否聽錯話，特地朝手上的表格瞄了一眼。舅舅笑著說：「我天天都騎它四處走呀！」

老人家最後兩句話，不但使居間仲介女子的勤前教育瞬間破功，也弄得醫師呆楞在坐位上。

3.

另一位記性超好的長輩，是我高中美術老師王攀元先生。

這位大師級畫家與民國同壽，九十九歲時我把一張很多年前幫他拍攝的照片，放大裝好相框後帶去送他。陪伴老師身邊的是他女兒，她拿起照片出題目考老人家，問他記不記得照片什麼時候拍的？在哪兒拍的？

老師睨了他女兒一眼，應道：「我當然記得，這是我七十歲時站在以前住的舊家門前，由敏顯幫我拍的呀！」

在座幾個人無不驚奇於老師的好記性而面面相覷，未料老人家接著告訴大家，當天拍照後我還幫了他大忙，把一樁糾纏很久的痛苦事兒，徹底地消除。

老師這一說，說得我一頭霧水，怎麼想也想不起來自己曾經出過什麼力氣，幫過老師什麼忙？老人家看我呆楞許久未搭腔，也許認定我這個當學生的客氣，便朝我笑了笑，逕自回憶起三十年前一段往事。

老畫家說，早年舊居面對一所職業學校，和學校校園僅隔條道路。每隔一兩個星期，他常會聞到一股難聞的焦臭味，嗆鼻的氣味往往令他頭昏眼花，無法繼續看書或作畫。好在當年舊家附近除了這所職校，四周仍是空曠田野，並無其他鄰居或工廠。空氣中飄浮的氣味不致停留太久，但也因此不容易找到散發氣味的源頭。他向學校投訴過幾次，始終查不出所以然。

老師說，那天我幫他拍照後，閒聊得知他有此苦惱，立刻跑到學校請熟識的訓育組長陪同，逐一搜尋校園每個角落，最後在印刷試卷的油印室發現禍源。

那個年代，學生測驗卷原版全由老師刻寫蠟紙或打字油印，學校怕試題外洩，嚴格規定印好考卷而滾滿油墨的蠟紙，以及試印作廢的考卷，任何人不得攜出油印室，必須就地燒毀。於是，隨時都可能焚燒這些飽含化學成分的製品，當然會不定時產生焦臭味。

職校設日間部及夜間部，科別班級多，大小考試需要刻寫印刷試卷的蠟紙不少。這回查出汙染空氣的癥結，學校不好再以鄰為壑，校長即刻指示爾後所有試卷蠟紙等，另行設法處理。

百歲老畫家追憶起三十年前的往事恍如昨日，一切歷歷在目。而我這個坐在他面前，比他年輕了三十幾歲的學生，記憶裡仍舊一片空白，全部情節早忘得一乾二淨，只能像個愛聽故事的孩子，瞇著眼睛傻笑。

曾經聽朋友說，記憶可從不斷演練去加強。那天送完照片回家，趕緊翻開老相本，抽出另一張早年為老師拍攝的照片，試圖從昔年場景和情境中去重新溫習，看看能否撥雲見日地回顧起更詳盡的過往，卻徒然無功。

面對三十年前的老照片，盯著站在畫室前那排木片籬笆和兩扇柴扉前的老師影像，只能讚歎不已。回頭想想自己，縱使萬幸再活二三十年，對於我現今寫的文稿、做的事情、讀過的書，說過的話，恐怕很難留存在腦袋裡。

大概類似過時淘汰的電腦記憶體，歷經駭客侵擾、重複鍵寫、再三更改清除等諸多磨損，拆解開的，僅剩一些碎片被銅絲與銲接點所盤踞。曾經有過的字句、圖繪、話語、故事，肯定早已杳無形跡。

膽大和膽小

蘭陽博物館家族協會邀我講課，指定的題目是「閱讀之美」。我說，這題目學問很大，應當找學者專家。至於我呢？可以去講一些關於閱讀的小故事，談一點閱讀帶來的樂趣就好了。

未料人到現場，才發現我講故事的位置，被安排在宜蘭孔子廟大成殿正中央。擺放電腦的講桌，頂著至聖先師孔老夫子神位和香爐的腳下，大殿兩側還林立著諸多先賢神位。心底不免忐忑，這回可一點都不像我能夠輕鬆隨意說幾則故事的地方，倒像是重回學生時代，面臨一場嚴謹的口試。此刻也終於體會到人家形容的，在「孔夫子面前賣四書」，在「關公面前舞大刀」究竟是怎麼個令人膽寒的滋味了。

其實，就在講故事的兩個星期前，我曾經到醫院肝膽腸胃科做超音波掃描。

當時醫師指著螢幕上一顆顏色深淺分成兩截的納豆，告訴我：「這是你的膽囊，上半截黑亮亮的很正常，下半截顏色渾濁模糊的，正顯示膽囊裡面沉積膽沙，這是膽汁濃稠現象，應該是膽結石的前奏。」

我問醫師：「是什麼原因造成的？有什麼辦法可以治療？」

醫師先是抿緊嘴唇，接著才歪了一下腦袋說：「真正導致的因素並不單純，目前能做的，是持續觀察。」

這位醫師是我認識好幾年的朋友，我便告訴他，我也許想出膽沙沉積的原因了！

這一刻，換成他露出疑惑的眼神，頗為驚奇地等著我的答案。我說：「因為我年紀大了。」

醫師笑著說：「那當然，任何人到了某個年齡，各種器官自然會跟著老化，機能衰退，疾病往往隨著纏身；但是膽沙、膽結石症狀，在年輕人身上也會出現，不單是年紀大這個原因。」

我告訴醫生：「我想我這種膽汁濃稠現象，應當和年紀有關。因為我年輕時做起事來，衝勁傻勁十足，膽子自然跟著大起來。退休以後慢慢上了年歲，做起事來難免左思右想，瞻前顧後，甚至縮頭縮尾，膽子肯定越來越小了。原先膽大時體內儲存那麼多膽汁，於今碰到收納它的容器越變越小，如果這些汁液不加濃縮，豈不是要把這個變小了的膽囊擠爆掉？」

「哦，你像是在寫小說哩！」

緊接著，因為失眠問題還去看了中醫，順便提到超音波看出膽沙沉積的事。中醫師便在處方中加了澤瀉、茵陳、金錢草、白扁豆等，希望能幫我紓解膽汁濃稠現象。

等我到孔廟講完故事之後，我利用回診時告訴中醫師說，他這方子好像挺有效果！中醫師問我是怎麼察覺？怎麼隔不到一個月又做了超音波掃描？

我回答，肝膽腸胃科那邊複診掃描時間，至少要再等兩個多月。可我連吃了幾帖中藥，日前竟然能夠站在孔聖人和許多先賢面前，大模大樣的講起讀書的趣味，足證吃了你開的藥方之後，膽子確實變大了！膽囊一旦變大，膽汁不用濃縮就裝得下呀！

中醫師笑著說，如果每個患者對自己的病痛，都能夠如此開朗看待，對身體健康肯定有很大幫助。

萎縮

銅管仔先生換新車

半年多不曾見面的朋友，開著他的老爺車來找我聊天。同時向我炫耀，最近買了一輛新車。

我向他道賀時，邊盯著他的老爺車，邊歪著腦袋表示不解：「那你應該乘便讓這輛『銅管仔車』退休呀！」

「弄掉它?那我每天得用步輪走幾公里去教課哩！哈，我說的新車在這裡啦！」他說完話即張開嘴巴，掀翻嘴唇展露他的牙齒，指指點點後告訴我：「花幾十萬元去植牙，不就等於人家換一輛新車。」

其實，朋友的牙齒和老爺車早都應該汰換。他那輛開了二十年的老爺車，不單外觀老舊，烤漆斑剝，走起來像步履維艱的醉漢，一路左搖右晃哐啷咯啦響個不停，彷彿車後被頑童繫著成串空鐵罐。聽說學校裡的學生，因此管他叫「銅管仔先生」而不名。其中，銅管仔用台語發音，後半截的先生則是日劇裡喊的「仙溤」。

至於牙齒，正值盛年的他，或許是長期受到咖啡浸淫外加菸草薰陶，還是其他什麼原因，大多僅能勉強撐住門面，不少是濫竽充數。據他自己仔細盤點，真能善盡咀嚼職責的，大概僅存左傾那一大半，屬於死忠兼換帖的要角台柱，始終不離不棄。

右半邊的老弱殘兵往往不堪一擊，每逢進食必須採迂迴戰術。導致臉部表情經常展露怪模怪樣，認真咬字說話或講解課文時也不例外。因此，除了「銅管仔先生」，有的學生還封他一個法號叫「搞怪禪師」。反正學校老師被學生取各種綽號早視為傳統，他也不以為怪，何況這「搞怪禪師」聽起來好像比那「銅管仔先生」有學問些，他私底下竟有些歡喜哩！

搞怪禪師最近手頭大概寬裕許多，終於肯花大錢去徹底修整牙齒。我笑他是不是發了意外之財？他無奈地搖晃著腦袋，苦笑說道：「牙醫師下最後通牒，警告我再不植牙就永遠錯失機會了。」

這點令我有些不解，我母親八十幾歲都能植牙，朋友才四十來歲怎麼會錯失機會？

他說：「老人家應該是掉牙不久便去植牙，而我右邊這幾顆牙陸續壞掉之後，這麼些年一直偏勞左側的牙齒咀嚼食物，讓右側牙齦經年累月閒著納涼，久而久之便呈現越來越嚴重的萎縮現象。醫生說，牙齦一旦萎縮得厲害，像失去土壤和水分的沙漠或岩層，怎麼種花種樹也活不了呀！」

朋友一臉嚴肅地讓我仔細端詳他臉龐，然後問我：「看到沒？整張臉已經有點歪斜，下顎顯得左邊寬、右邊窄，對不對？醫師說植牙以後，咀嚼時左右平均施力，慢慢或許能夠恢復一些原貌。」

經他這一提醒，我發現他那張臉看來確實左右不對稱，但願能如醫師所言，整個臉龐趨於勻稱。至少他上課講解課文時，不再出現特異表情。等學生發現他們這位搞怪襌師表情不再搞怪之後，不知道會不會另外給他一個什麼樣的新綽號？嗯，或許會依據他新植的牙齒，叫他是「美利堅代表」吧！

外婆的特異功能

不管是搞怪襌師，銅管仔先生或美利堅代表，這件事突然教我想起我外婆的牙齒。哦，不單是牙齒，重點應當在牙齦才正確。

我外婆生長於鄉下窮苦農家，嫁給我外公過的仍是窮苦日子，還生養了五個子女。從我懂事開始，就發現外婆所有牙齒都掉光了，嘴形嚴重地朝裡凹癟。

可印象裡，外婆照樣能把煮熟的青菜、豆類，吃得一個渣不剩。過年過節，燉煮的雞肉、瘦豬肉，她先用手指把它撕成細條狀，再塞進嘴裡咀嚼一番，咕嘟便吞進肚裡。看外婆吃肉，彷彿欣賞魔術師變魔術。

每次回想起來，覺得外婆說不定真有特異功能！

媽媽說：「什麼魔術？哪來的特異功能？你阿嬤是天天磨練才練出來的功夫哩！」

媽媽推算外婆滿嘴牙齒掉光那個年月，外婆還不到四十歲。主要原因是，住家附近有人開設製糖的蔗廍，村人打工所得酬勞，有時候不是銅板或鈔票，而是大袋小袋的紅糖。很多人家供奉神像和祖宗牌位的供桌下，常年儲有一大陶甕的紅糖。無論大人小孩嘴饞了，肚子餓了，不小心吃到太辣太鹹太苦或太澀的食物，隨時都可以掀開蓋住陶甕的木板，伸手挑個糖塊，或用調羹舀一勺子往嘴裡送。

早年鄉下人根本沒有牙刷牙膏清潔口腔，講求衛生的，每天早上會舀一瓢清水，用食指沾點鹽巴伸進嘴裡來回刷幾下，再嗽嗽口。至於吃塊糖或者其他甜點，能順手喝口茶水就不錯了。

愛美的年輕閨女，也要等有機會上街或出門看戲，才會想到偷偷地拿鐵鎚敲碎一點木炭，碾壓成粉末取代鹽巴，沾在手指上刷牙。木炭味道有股說不出的怪異，卻能夠把被牙垢染黃的牙齒清理得雪白，殘留牙縫的炭屑，再用針仔細挑掉。

到了鄉下人有錢也捨得買牙刷牙粉的年代，外婆那一代人的牙齒差不多全掉光了。富有人家掉牙，可以花錢找牙醫或鑲牙師傅鑲補金牙銀牙，掉一顆及時補上一顆；外婆則跟其他窮人家一樣，沒錢修補牙齒的結果，這一顆掉了，左右兩旁很快跟著動搖，彷彿推倒骨牌那樣，沒幾年便只剩下肉坨坨的光禿牙齦。

也許，正因為外婆的牙齒早已掉光，必須天天仰賴牙齦使勁咀嚼食物，恆久細嚼慢嚥的功夫，練就了堅硬有力的牙齦而不致萎縮，也讓外婆得享百歲高齡。

木匠舅舅的試驗

媽媽說，外婆過了八十歲照樣用年輕時候的方式吃菜吃肉，大舅舅不相信外婆這項「特異功能」能夠持續到如此高齡，非常擔心外婆腸胃會因此消化不良。他想進一步求證，卻差點被外婆咬斷手指頭。

那是在某次午餐之後，家人圍著正在打盹的外婆，有一句沒一句的閒聊。大舅舅忍不住說出他的憂心，他懷疑老人家是怕麻煩兒孫要另外為她準備飯菜，不得不持續囫圇吞棗，以填飽肚子。

外婆一聽，瞌睡蟲跑掉了，她咧開沒有牙齒的嘴巴哈哈大笑。隨即問她兒子，要不要用他的手指頭試試看？大舅心想，外婆嘴裡連個牙根都不見蹤影，光憑牙齦上的肉垛子，又能把他這個蓋過許多廟宇和房舍的粗壯指頭怎麼樣？

於是做了一輩子木匠、泥水匠的大舅舅，特地用肥皂將手掌手指搓洗一番，當著眾人面前，仿如釘下一枚鐵釘或是刨平一塊木板那樣果斷，毫不在意也面無懼色的伸出右手食指。外婆把大舅伸在面前的手指輕輕擱在上下牙齦之間，尚未見外婆使勁，即聽到大舅一聲哀號，整張臉揪成一團，分不清眼睛、眉毛、鼻子和嘴巴。

接著，看到大舅舅聳起肩膀，勾下腦袋彎著腰，不斷地朝地面猛烈甩動著從外婆嘴裡抽回來的食指。那動作很像學校的小朋友寫完書法，把一支飽含墨水的毛筆用力去甩乾水分。大家隨後仔細檢視大舅的右手食指，發現食指上下各留下一道深色的凹陷跡痕，久久不見平復。

圍觀的大人小孩，個個對著外婆豎起大拇指，直誇：「厲害！厲害！真的好厲害！」

值日生

村裡的古公廟，五十多年前曾經是我的小學。

當時日本人才走掉幾年，我們鄉下突然湧進來許多軍隊。他們不說阿姨吾也餓，也不說呷霸鴨沒，盡說些村人聽得似懂非懂，甚至完全不懂的話語。

到處流傳，只要房舍較寬敞的寺廟、學校或倉庫，很快會被這些從唐山撤退來的軍隊充當營房。古公廟的格局，說大不大，說它小，卻也左右偏殿俱全。能夠逃過軍方徵用，據說和我們先一步把它當作教室有關係。

如果說，這算是古公廟的幸運，恐怕也未必。因為阿兵哥畢竟大多成年人，加上頭頂有層層長官管理節制，比起我們這一群連貓狗都嫌的小鬼，至少不會那麼匪類。

班上同學會拿粉筆或爛泥巴，在牆壁塗鴉，畫烏龜、畫魚骨頭、畫圈圈叉叉；會找草繩纏住龍柱上的蟠龍，要牠不能亂動；會拉彈弓射擊廟脊翹翅上的麻雀，警告牠們不可以到處拉屎。甚至撿來石頭將老榕樹樹皮敲得坑坑疤疤，逼它泌出白色汁液，使樹幹遍布流膿的疔瘡，再捏團黏土吸飽汁液，說是製造橡皮擦。而這些把戲，算來只稱得上調皮而已。

另外一些專屬男生的劣跡，才真是名副其實的難纏。像是撿幾隻蝸牛塞進石獅子嘴裡，再看著牠們爬出來，陸續跌碎地面；串好幾個人，一起跑到廟後面圍成一圈，輪流以尿柱灌進螞蟻窩，說是消防組出動打火；也有從水溝裡摸來魚蝦蚌殼，或挖出泥地裡的蚯蚓，以破瓦片盛著充當牲禮，偷偷擺上神明桌……。

種種數不清的惡形惡狀，幾乎天天讓女導師疲於奔命。早晨上課時整齊秀麗的容貌，不到中午放學時分，已經披頭散髮，酷似村裡的瘋婆子。

上課時，被黑板擋掉半邊面孔的觀音菩薩，勉強展露微笑才能忍受一屋子吱吱喳喳。現在回想起來，那長著大耳朵的菩薩肯定要不停地宣著佛號。整座廟裡，看來只有坐在正殿神龕的古公三王，能夠保持不動如山的嚴肅神情。

至於另一邊的白鬍子土地公，大概年紀大了聽力不好，時時刻刻露出笑呵呵的神情睨著我們。坐位離土地爺爺不遠的老廟公，瘦得像個稻草人。他缺了許多顆牙齒，整個嘴形往裡塌陷，所幸癟扁的唇線隨時都保持微笑。

導師要求所有小朋友叫這老人阿公，大家還是習慣叫他廟公阿公。廟公阿公準是個非常富正義感的人，當他看到一個嬌柔的女老師必須對付這麼一群盤踞廟裡的匪類，便經常挺身而出，成為糾察隊。

廟公糾察沒有袖章和登記簿，也沒有導師手裡的竹枝教鞭，卻有一套比登記簿和教鞭更厲害的法寶。他不但知道每個小朋友家住那裡，還認得每個小朋友的父母以及阿公阿嬤，甚至連家裡哪個大人對孩子管得凶，要求得嚴格，全都一清二楚。一旦哪個小搗蛋闖禍，他不開口罵人也不找竹枝子打人，只要低下頭讓老花眼鏡垂掛到鼻頭，從鏡框上沿露出那雙大半個眼白的眼珠子瞪著你，再把嘴巴附在你耳朵邊嘟囔幾句，任誰都不得不乖乖就範。

其實，廟公阿公說的話簡單扼要——

「你是鄉公所王課長的兒子，對不對？」

「你家就在圳溝閘門過去那個竹圍，我常去哦！」

「我聽說，你媽媽在門扇後面放了一根藤條，打在身上很痛耶！」

「你阿公喜歡下象棋，他常來找我下棋哦！」

不過，村人和小朋友最佩服的，還是廟公阿公腹腸裡藏著一大堆說不完的故事。大部分村人到廟裡拜拜求籤，拿到籤詩即雙手遞交廟公，請他說明王公到底在籤詩裡寫了些什麼。

廟公阿公通常會先問清楚對方求籤目的，究竟是想了解姻緣牽連、身體健康情況，或是生意盈虧錢財損益、訟案輸贏，或是求職謀事、生兒育女？

不管對方求什麼，老廟公即刻戴上那副朝地面看會凹下個大窟窿的老花眼鏡，將籤詩就著廟門口照進來的天光，用右手食指逐一點閱，反覆地推敲籤詩裡那幾行字。偶爾還會閉起眼睛，緩緩地轉動頸項，彷彿正在上緊腦袋瓜裡鬆弛的發條，再經一番沉吟之後，就可以像醫師看病那樣做出診斷。

在這方面，廟公阿公顯然比衛生所醫師高明得多。他不單單給人答案，還會引經據典說起一串故事。

村人知道每天上午古公廟做為小學一年級教室，拜拜求籤便不約而同改到下午時段。對村裡孩子來說，這樣的下午，古公廟已經從學校教室變成遊戲場。

於是，廟公阿公為村人解讀籤詩的時刻，隨時會冒出一群小鬼圍過來湊一腳。只在涉及求籤者某項隱私的關鍵時刻，老人家會暫時驅離閒雜人等，其他時間並不反對老老小小聽他口沫橫飛地講解籤詩。說那劉備如何低聲下氣三請孔明，或是那姜太公釣魚時為什麼打瞌睡，讓釣餌離水面三寸。還有更厲害的是，那個孟姜女為了找尋丈夫，竟然把秦始皇興築的萬里長城給哭倒了一大段。

某一回，正當大家聽得目瞪口呆，突然有人提出問題：「是不是一定要知道很多故事才能當廟公？」

「廟公阿公，你怎麼聽得懂王公說些什麼呢？」

「你跟王公怎麼認識的呀？」

「你跟王公說話時，用北京語還是說台灣話？」

更有人傻傻的問老人家：「當廟公要不要像太監那樣，先閹掉小雞雞？」

廟公阿公面對我們這群死纏爛打的小鬼，態度一如他向村人解說籤詩一樣，總是不厭其煩的回答和說明。他還不斷強調，自己是個很幸運的人。

他告訴我們說，他出生在山窩裡一戶窮人家，很小就被賣到平地當長工，除了練出一點力氣，幾乎什麼也不懂。好在住的田寮離古公廟近，農閒便跑到廟裡來聽以前的老廟公解籤詩，幫忙掃地燒茶水，整理廟埕草坪。

廟公說：「曾經有兩三年時間，村長從宜蘭街請來精通漢學的先生，到廟裡教失學民眾唸尺牘，教大家怎麼寫信，我才跟著學會一些粗淺的文字。後來老廟公升天做神仙，村長便留我頂替。

「你們想想，要是當時我沒認些字，肯定沒這種福氣，對不對？因為不識字就是文盲，文盲等於是兩隻眼睛看不見的瞎子，誰會要一個瞎子顧廟？所以，任何人有機會讀書便要認真讀書，不要只知道玩。」

有一天廟公阿公臨時有事外出，忘了把手邊那本印有紅線格子的帳簿放回抽屜。下課時間，幾個小朋友好奇地爭相翻閱，看到帳簿裡寫得密密麻麻，有日本人寫的那種筆畫很簡單的字，有注音符號，也有不少是筆畫比較複雜的國字，和糾纏一團像符咒的筆記，小朋友當中沒有人看得懂。

其間，用菸盒錫箔紙當書籤分隔的後半本，廟公阿公抄下許多我們正在讀的課文，以及平日老師寫在黑板教大家抄寫的字句，包括：第一課上學，第二課遊戲，第三課放學。來，來，來，來上學！去，去，去，去遊戲！功課完畢回家去，明天還有新功課！老師再見，小朋友再見，天氣晴，天氣陰有雨。導師王月嬌，值日生林木火……。

帳簿裡留下的字跡，不難分辨其中不少曾經用橡皮擦擦拭而重寫過，可所有的字不但一筆一畫寫得工整，更逐字標注注音符號，令大家又驚訝又讚佩。原來，老人家寫起字來，比任何小朋友都要用心。

這些應該全是廟公阿公利用我們上課時學來抄來的，只是我們班並沒有叫林木火的同學，真奇怪，怎麼會冒出這個值日生？於是，有人說，那應該是大王公的姓名，因為大王公天天守在廟裡不曾出門，最適合當值日生；也有人猜，可能是廟公阿公那個臉上掛了兩條鼻涕的小孫子。那個年紀比我們小一兩歲的小把戲，常躲在廟公桌子底下，靜悄悄地看我們這群小哥哥小姐姐上課。

過了好些天，有同學無意間瞥見廟公插在椅背那把竹扇，端端正正寫著這三個字，才知道林木火不是大王公，也不是其他人，他就是廟公阿公。

這個同學跑去向老師告狀，說廟公阿公假裝值日生。老師說，大家當值日生都沒盡到責任，不但地沒掃乾淨，桌椅沒擺整齊，連黑板也不擦乾淨，有的值日生沒維持好秩序，還帶頭講話講個不停，幸虧廟公阿公天天幫我們做好清潔工作，不然教室就會髒得變成豬窩，肯定早被王公趕出去。所以，廟公阿公才是值日生的模範，我們應該感謝廟公阿公，好好向他學習。

坐在土地爺爺身邊的廟公阿公，聽得嘴笑目笑。彷彿野台戲開場時，戲棚上那位手拿拂塵，兜著圈子的快樂神仙。

通常在上課時間，大家總是趁老師背向我們寫板書的機會，揪揪鄰座同學的耳朵，撩撥撩撥女生頭髮，拍拍前面同學的肩膀，或朝人家胳肢窩搔癢。縱使什麼人都不敢逗弄，也要自得其樂扮起鬼臉，連幾個女生都會互相咬耳朵講起悄悄話，很少有人安分。木雕的王公不算，大概只有廟公阿公，專注地盯住老師在黑板寫什麼。

老人家目不轉睛朝那黑板瞧著，一個不留心走了神，下巴頦會不自覺地往下掉。張開的嘴巴裡，隱約可以看到鋪滿舌苔的舌頭，在少有牙齒的上下牙齦之間，探呀探地。

我們跟隨導師唏哩呼嚕地朗讀課文時，雖然沒聽到廟公阿公跟著朗讀，卻不難瞧見他那雞屁股般的喉結，不停地打轉。輪到我們寫作業那一刻，廟公阿公會戴起老花眼鏡，低下頭在那帳本寫個不停。小學生喜歡塗鴉，老人家似乎也不例外。他會找來過時的舊月曆，利用空白的背面畫鉛筆素描。

一些原先被大家引為怪異的動作和神情，竟然全是廟公阿公正勤快地和我們一塊兒讀書寫字，一塊兒當小學生。

不管寫字或畫畫，廟公阿公每畫幾筆或每寫幾個字，便不自覺地把筆尖塞到舌尖沾點口水。同學跟著學樣，才發現如此畫出來的線條和寫出來的字跡，顯得特別濃黑。

老師曾經趁廟公不在的時候，告訴我們說：「廟公阿公非常用功讀書寫字，是模範生，是大家的好榜樣；但是用舌頭舔鉛筆，則是一種不衛生的壞習慣，阿公年紀大，不容易改得過來，大家不要模仿。」

老廟公寫字的那隻鉛筆，不知道是已經寫過太多字，或是從那兒撿來的一小段，長度不足兩寸，大人手掌不容易握住它書寫。老人家裁了一截細竹枝，套在上面充當筆桿，使整支筆桿的粗細看起來和他指頭差不多，他卻能運筆自如。

不寫字的時候，他往往把鉛筆夾上耳扇子，彷彿村裡那個忙於裁切鋸刨木料的工匠，經常將香菸夾在耳朵上那樣。大家竟然忘了問問廟公阿公，薄薄一片耳扇子夾住加工過的特大號鉛筆，酸不酸、累不累？

升二年級的時候，學校加蓋了兩間教室，我們便從廟裡搬回學校，廟公阿公再不能跟我們一起上課，也不再當班上的值日生了。

春天的痠痛

1.

鄉下的春天，誰都可以形容它像許多詩詞裡讀到的篇章；像自己在許多畫冊和攝影鏡頭下瞧見的畫面。

插秧時，農夫總會在柔細的軟泥地留出大片間隙，供水汪汪的稻田映照天空。春天即化身雲朵或閃亮的雨點溜進水田，邊溜滑梯邊偷偷地捉弄每株秧苗的腳趾頭，搔得它們忍俊不禁，隨即嘻嘻哈哈笑得前仰後合。

那些陸續飛回北方的候鳥，彷彿不得不結束瘋狂採購的旅遊團，身上顯然增添不少負荷，仍一路高高興興地伸長脖子，奮力鼓動翅膀，咕咕嘎嘎的鳴叫招搖，打從平原上空飛過。

看吧！任何疆界都攔阻不了春天的喜悅！

春天一到，萬物勃發。野草搶先湊熱鬧，福壽螺緊隨在後，它們不用施肥加料，不必餵食。除了農夫的雙手及汗水，除了農藥，它們什麼都不怕。

可憐那稻秧，外觀比野草翠綠，也比許多野草長得高壯，卻不單怕這個或那個病蟲害，連日夜溫差都嚇得委靡觳觫。氣溫高了，不行，偏低也會凍死；缺少雨水，不行，雨水多了一樣遭殃。人們總說，嘿，這哪像個春天！

只是大家經常忘記，它正是讓許多農夫腰痠背痛，教很多人身體不適的春天。一個秀麗美豔又會腰痠背痛、頭昏腦脹的季節。

才過完年假，沒有任何人提醒，春天竟然學敵人摸哨那一套，悄悄就攔在每個人前面。所有的學童正玩得起勁，對讀書已經產生嚴重的抗拒症候群，有點兒類似傳染病。老師說，無須探究，這全教春天給寵壞了。

教室裡，老師戴著口罩嗚哩哇啦的講課，然後問學生聽懂了嗎？學生透過口罩嘰哩咕嚕回答，應當是明白了！因為考高分的照樣考高分，不及格的照樣不及格。

在春天，確實不容易區分誰迷糊或誰機伶。

2.

不知道是哪個懶散的讀書人，想在融融春光中偷得片刻自在逍遙，故意將書本合上推開一旁，然後大呼小叫的嚷嚷：「春天不是讀書天，夏日炎炎正好眠，秋有蚊蟲冬又冷，不如掩卷待來年。」

想不到附和者眾，掌聲從不間斷，一個春天接連一個春天。

根據報載，在我居住的海島，每人每年平均才讀兩本書。換句話說，大部分的人在所有的季節，不論春夏秋冬，不管晴雨寒暑，都不想讀書，不屑讀書。

如此看來，以後不能再錯怪你了，春天！你終於可以洗刷不是讀書天的汙名，這樣或許多多少少能夠減輕你一點兒心底的痠痛吧！

大唐帝國有個詩人曾經吟唱：「春眠不覺曉，處處聞啼鳥。」極其淺顯的字句卻蘊涵著無比美麗的意境，難怪它傳誦了一千兩百多年，連嘴角流著口涎的稚齡幼兒都能朗朗上口，應該足以證明讀書確實能教人看得多感觸多。

可在我們這裡，種田的農夫在這樣的季節，卻經常徹夜輾轉反側。往往心底尚未醞釀出任何字詞，便想到田裡才插的秧苗，可能被路過撿食的田鑽仔、尖尾仔、金翅仔、綠頭鴨等，不小心踩平了，天一亮必須及時補植。

還想到雨水若是遲遲不下來，更得趕在大清早去搶水堵漏。再想到田埂雜草滋生，越來越多的福壽螺要逐一撿除，唉！怎麼睏都睡不著，勉強閉上眼瞼，天色便已大亮，只好睜開酸澀的眼睛下田去！

當然，也有人因為蟲鳴貓叫而睡不安穩。春天，你真多事，為什麼要吵醒牠們？還有人因為花粉過敏備受折磨，紅腫著眼眶和鼻頭，不斷的打噴嚏。春天，你為什麼要開那麼多花？撒播那麼多花粉？

覆蓋的被子太暖和了，渾身冒汗發癢，掀開了又怕貪涼感冒；吃少了不甘心，胃口太好了迅速臉圓肚肥，去年的春衫竟然件件縮水。春天，你真會捉弄人！

近些年，還有叫什麼「H？N？」的流感病毒及新變種，老跟著春天糾纏不清，喜歡搭乘春天的翅膀到處飛翔遊逛。在空氣間，在唾沫裡，在看不見的觸碰中，衝過來闖過去，人人想閃躲，卻弄不清楚它在哪兒埋伏設陷阱。也許你正開懷地談笑，也許你正高高興興地吃喝，也許是摟抱或親吻，也許僅僅是禮貌性的握手言歡……

3.

春天小姐／先生，你為什麼如此顧人怨嘆！

春天小姐／先生，你究竟想住在哪兒？你鑽進都市，人家一年三百六十五天都有歌可唱，有舞可跳，有酒暢飲，聲色犬馬一應俱全，你大概也只能找些曲折狹窄的巷弄捉迷藏。我看，你不如留在鄉下樹林裡邋鞦韆，繼續待在水汪汪綠油油的稻田裡溜達。

春天小姐／先生，你只顧對著天空那面大鏡子打扮得花枝招展，梳理得油頭粉面，去引人注目，可不要忘了那一批又一批的賞花人、旅遊的觀光客、商場職場忙碌的員工，他們一旦回到自己家裡，還是得吃稻田裡生產的米飯。

春天小姐／先生，連最不挑剔的農夫，都要我問問你，你究竟屬於哪個政黨或哪個聯盟？你到底標榜什麼主義或堅持哪些主張？總不能因為人家要往東你就往西，人家贊成你便反對，人家說圓的你偏說那是扁的，人家缺水你硬是不下雨。

春天小姐／先生，你明明心思反覆善變，卻天天堆滿笑容。這副德行，跟報刊上和電視螢光幕裡那些口沫橫飛的政客，又有何異？

4.

春天應該多種植花木。

現代人往往自以為學識豐富，懂得馬櫻丹、夾竹桃、海檬果、日日春等很多花木具有毒性，便要求這裡不能種，那裡不能栽，說應該為下一代設想。

可念頭一轉到能夠賺進大把鈔票的那個瞬間，很多事情立刻變得百無禁忌。於是千方百計去製造販售毒性更強、種類更多的農藥，去噴灑每天吃進肚裡的稻米和蔬菜瓜果。殘留懸浮的有毒煙霧，瀰漫在每個人包括喝奶娃兒所呼吸的空氣裡。

作物長蟲了，很簡單，我們有各種配方的殺蟲劑。園裡田裡野地裡長雜草了，很簡單，我們有不同廠牌的除草劑。瓜果結實數量少了，或者長出的果粒太小，或者甜度不足，很簡單，我們會調配化學肥料及生長激素，保證強效，任君挑選。

從過去的ＤＤＴ、巴拉松、巴拉刈、地特寧，到撲滅松、普硫松、賽滅寧、達滅芬、萬靈……，數都數不清，真的族繁不及備載。

還有名字叫日日春、好年冬、年年春的藥劑，有的能夠讓所有的青草持續幾個月都難回魂，甚至連根腐爛。人們懂得使用如此喜氣的字眼去命名，應當符合現今流行的文創精神。只是拿它們噴灑後呈現的場景去做比對，則真的教人椎心。

天上落下來的雨，地底湧出的泉水，還有散布游離的雲霧和陽光，還有堅硬的岩石和鬆軟的泥土，還有樹葉花朵和種子，慢慢受到滲透汙染而不再潔淨。終有一天，我們會分辨不清自然界有誰是人類的朋友？又有誰是敵人？

天邊吹來的風，也許是芬芳的，人類鼻孔終究無法辨別它是真的香，還是飽含毒性的化學合成氣體，大概只有胸腔裡的肺葉和肝臟弄得明白。

春天興許老了，興許還年輕。但不管它年紀多大多小，它顯然渾身痠痛，難免有時候畏寒，有時候發燒，有時候清醒精明，有時候懵懂迷亂。看吧！似乎任何力量，都驅趕不走春天的痠痛！

我終於明白，春天確實有著苦不堪言且令人同情的處境。啊——但願天可憐鑒！

冬陽

陽光曬在棉被上，濕冷的霉味很快被蒸發掉，棉花一旦曬透，略加搓揉就能夠恢復鬆軟，於一絲絲纖維之間騰挪出空隙，儲存許多溫暖和新鮮的氣味，讓人在睡夢裡都能呼吸到陽光的味道。

人何嘗不是，在緊張忙碌的生活夾縫中，能夠偷閒到燦亮冬陽下坐臥片刻，全身細胞同樣會重新騰挪出許多空隙，教整個人筋骨鬆弛，卸下層層盔甲。

自然界這種揮發與篩濾的過程，彷彿廚房燉煮的一鍋海鮮或羊肉爐，火候到了，腥臊味即刻被驅除，剩下的盡是佐料肉汁滲入湯頭的濃郁香味。

冬天的陽光，沒有夏天熾烈，卻比夏天有更多的味道和姿色。

田野間散發著剛犁出的新泥被細細攪碎的氣味，果園裡闖出來柑桔的清香，用蔗渣薰烤的板鴨以及垂掛在竹竿上的香腸和臘肉，不時地衝擊人們的嗅覺。

而枯黃的野草地被當作遊戲場，孩子上學時由成群的麻雀霸占著，牠們輪番發表政見，經常爭吵得像立法院，各說各話，誰也不聽誰的。白花花的菅芒不是單純的觀眾或聽眾，還學著騷人墨客邊握著筆桿，邊搖頭晃腦，想必會留下一些詩詞歌賦吧！

搶著探頭的櫻花，開始只是羞怯地冒出幾朵，很快卻像點燃成串鞭炮，劈哩啪啦肆無忌憚地開滿一樹。這幾年，到了冬天似乎連天地都不一樣，路面變成閃著銀灰光澤而少塵埃，遇上好天氣，特別乾淨特別藍的天空，常有刻意打扮過的雲朵搔首弄姿，它們更不忘找來水塘和溪流充當鏡子映照身影。其實，這一一都是陽光的化身。

抹了鹽巴的白蘿蔔，一塊塊排著隊攤開曝曬，不消幾天立即染上陽光的顏色，從淺淺的黃到暗沉色的金。雞隻和小狗各自找個角落刨出窟窿，把身子窩在裡頭曬太陽。小貓先是賊賊的瞇著眼睛瞄來瞄去，最後索性連眼睛都閉上打起呼嚕。水溝和草叢裡的蚊蠅，在暖和的光暈下飛起來都顯得懶洋洋的，肯定還沒睡夠。任何人坐在冬陽照射的台階上，同樣會受到催眠。

小時候，住在沒釘天花板的瓦房裡，瓦片之間以及木板門窗隙縫，四處都有寒風戲耍時爭相穿梭追逐的通道。人們也只有到這個季節，才覺得那些頑皮的麻雀把乾草塞在磚瓦隙縫做巢，並不是太討厭。

鄉下住居，冬天幾乎無所不在，宛如濕冷的空氣穿透單薄的衣褲，穿透潮濕的被褥，緊緊黏貼上肌膚。冬天在屋外田野徜徉，也在關了門窗的瓦房裡；在門窗緊閉的瓦房，也在硬邦邦的被子裡。

家家戶戶睡覺蓋的，通常是祖傳的老棉被，又硬又重。只能每隔幾年用扁擔挑到街上，找棉被店師傅拆散被胎，添些新棉花重新彈製。

經過師傅翻彈過的棉被，質地膨鬆多了，蓋在身上的重量變輕卻較前暖和，顏色會從原先的深褐色變成淺淺的乳黃，卻永遠也無法變回剛買時那種雪柔的白。事隔幾十年之後，每喝到奶茶都不免想到攙了新棉花而變得鬆軟的被胎，那種乳黃的色澤和重新找回溫暖的感覺。

這種新翻彈的棉被，照樣得多曬幾次太陽，否則幾代人所留下的油垢、口水，外加汗酸和尿臊氣味，很快又會從被胎裡鑽出來。

冬天出太陽，除了曬棉被，大人們還要把草蓆下的「墊被」——大捆的乾稻草，一塊兒抱出來攤曬。鄉下大都是窮人家，一家人能有床祖傳棉被蓋便謝天謝地，當然少有多餘的被子充當墊被。為了禦寒，即利用夏天才曬乾、蘊藏著香味的稻草，塞在草蓆和床板之間，鋪個兩三寸厚，正是鄉下人最流行、最經濟，也最舒適的墊被。

小孩子睡覺不規矩，難免扭腰打轉，稻草墊禁不起如此折騰，總不停地發出刺刺扎扎的聲響，夜深人靜更加刺耳。五、六歲時和大弟弟睡在祖母身邊，祖母被吵得不耐煩，常罵我們兄弟倆是糞坑裡的「屎穴蟲」。屎穴蟲就是老式糞坑裡蠕動個不停的蛆蟲。

挨罵時，兩人不得不蟄伏片刻。但整個人夾在剛翻彈回來還曬過太陽的棉被，與草蓆下曬得乾酥的稻草墊之間，溫熱的感覺非常撩人，很快便從兩股之間，從腋下，從胸口沖上頸脖，渾身毛孔彷彿教千針萬針扎個透透，實在酥癢難耐呀！怎麼能夠靜止不扭動？

曾經向祖母建議，是不是可以只曬被子，不要曬草蓆下的稻草。老人家說，不管棉被或稻草，常曬太陽才不會長跳蚤和蝨子。就這樣，那些充當墊被的稻草，每天晚上繼續在身體下面刺刺扎扎地響著，一直要到每年端午節過後燒掉肥田，兄弟倆才不再當屎穴蟲。

太陽為人間驅寒除臭，究竟投射多少光芒，散發多少熱能，它似乎從不算計和埋怨，也從不要求回報。

現代人，尤其是住樓房的都市人，想把衣物棉被抱到室外曬太陽並不容易，一代一代下來恐怕也忘了老祖宗的生活智慧。反正寒流來了，扭開屋內電熱器，即刻驅走寒冷；必須走出戶外活動時，穿上輕便保暖的羽毛衣，甚至在心窩塞個持續發熱十幾二十幾個小時的暖暖包，有沒有陽光似乎很少人認真計較。

科技發展往往讓人忽略和遺忘身邊很多東西。我相信，老太陽一定覺得，還是過去的鄉下人有情有義。

鏡子

年輕的時候，除了上理髮店，他幾乎很少照鏡子。平常梳理頭髮，十個手指弓成犁耙，三抓兩扒地，竟也鏟出有條有理的園圃丘壑，所有張牙舞爪的毛髮，服服貼貼。

冷天裡朝臉上抹面霜，也是十個兄弟肩並肩聚一塊兒推繞著石磨。全部交給觸覺，直磨到一切平平順順、光光滑滑，根本就忘了還需要視覺參與。

年少青春唯一需要面對鏡子的，只有擠那年少青春的痘子。把臉湊近光滑的鏡面，初時會有一團霧氣，擦過幾次也就賊亮賊亮了。因此，他發覺自己青澀的面孔，是在一次又一次擠壓痘子的隙縫間成熟的。

等到某一天，早已不用像鬥牛那樣憋住氣，把一雙鬥雞眼貼近鏡面擠痘子，才驚覺原本那幅兼具青春活力與成熟男人魅力的臉孔，竟然不知道從什麼時刻起，突然蒼老了。

他回想過往的歲月，那一面早被疏遠的鏡子，從來不曾對他說過一句稱讚的話語，現在當然也不會流露出任何安慰的眼神。

鏡子一如所有寺廟裡的神像面容，從不表達自己的心情，只是用那冷眼瞧著。當它心情煩悶時，它不露聲色；當它心情浮動時，它也絲毫不動聲色。每次最焦急的，竟是站在一旁觀察，自以為一切都不在乎的那個老男人。

他想，鏡子能夠老神在在，是因為曾經看過許多面孔，曾經看過各種不同的喜怒哀樂。任何提供給鏡子的線索，它都當是浮光掠影，總是瞬間即逝。他不知道鏡子有沒有記憶，他從未看到它悲愴或欣喜。不過，鏡子有時也會像老練的提琴手，站在窗前讓韋瓦第的《四季》在光滑地鏡面上流淌。當陽光或月光從窗口閒逛進來，鏡子彷彿足球場上最迅捷的守門員，接住那亮光再順手拋擲出去，在牆壁、地面或屋頂的天花板，蹦蹦跳跳。

鏡子鑲在一座衣櫥門上，那是母親十七歲時的嫁妝，在映照過父親和母親歷經的艱苦歲月之後，竟然還能心平氣和地忠實映照他的大半生。

稚嫩的童顏，朝著鏡子像面對一個可信賴的人，皺著鼻頭、鼓凸眼珠、伸出軟紅的舌尖，學那吐信的小蛇舔著春天早晨的露水。有時，鏡面上會留下前一天戲耍時的指紋，他便張開嘴去哈鏡子的臉，再用袖口去擦拭那似有似無的痕跡。有時，則是把鏡子哈成雲霧天地，為的是把它當做畫紙，方便手指去書寫塗繪。

他想，鏡子是不長記性的，連他在童年時用母親梳妝盒裡的白粉塊塗得滿臉，用口紅在臉頰上抹了兩片紅龜粿，把自己嚇得跌坐地上那一幕，都忘得一乾二淨。更不用說對著它撫弄初萌的鬍渣，和擠青春痘擠得四處飛濺的情景。

有一天，他利用手邊找到的紙片寫下——

妳那明亮深邃的眼瞳，是一口幽深的水井。我用一只小小木桶，搗出一些波紋，它卻很快被抹平。陽光躡著腳走過來，它卻像貓一般輕巧的跳開去，彼此都悄無聲息，看不出那是一場光與陰的廝殺，或只是一場日月星辰的輪轉遊戲。

白色或粉紅色的訃聞裡，先住著他的長輩，再來是親戚或朋友，釘製小木船讓他拖著到處跑的木匠舅舅，帶他到海邊牽罟的嬸婆，幫他扶著梯子上屋簷探看麻雀窩巢的堂兄，和他一起背著書包逃學劈甘蔗的死黨，拎著水桶在河溝邊撈捕魚蝦的玩伴，也有是窩在圖書館藏書庫的小說迷。

也許，他們只是搬到沒有電話、沒有傳真、沒有郵件，甚至連網際網路也聯絡不到的地方。也許，鏡子也不清楚這些人究竟躲到什麼地方去。

鏡子從來都不給他答案。它那一臉木頭人的表情，透露的正是多少人的寂寞人生呀！

小孫女從門後探個頭，朝著鏡子裡的爺爺先是笑瞇瞇地，接著就扮了個鬼臉跑開了。

他看到，且快步追了出去，而鏡子全然沒查覺，只是一臉錯愕，繼續站在那裡。

回到半個世紀前

半個世紀前，鄉下孩子不讀職業學校而去考初中、高中，目標擺明邁向大學之路。從此日夜都得心無旁騖，要將腦袋瓜鑽進課本裡。

偏有個考上初中的鄉下孩子把路走歪了。他什麼書都迷，單就不喜歡教科書；他勤快地書寫很多字句，單就不愛寫課堂作業。

好在父親是個公務員，不太講迷信，才沒拎著這個不愛讀正書的我，去找紅頭司公驅邪逐妖，探究哪個魔神仔把兒子拐跑。通常做法是，用老祖宗傳下來的大道理訓誡一番。

宜蘭鄉下多屬窮苦人家，身上缺乏營養，頭殼跟著貧瘠，大部分老師和家長皆難認同文學和藝術對人生有任何助益。總說，當學生應該認真聽課學習，丟開課本是不知上進，如此少壯不努力，老大肯定徒傷悲！

而整個官署和文化藝術能沾點邊的教育科局，僅認得教科書，成天盯著老師是否幫學生惡補。其他課外書刊沒人認賬，學生弄到小說、散文、藝文刊物等冊子，只能設法躲躲藏藏，防範督學、老師和家長圍攻夾殺。

有人半夜蒙著棉被閱讀，有人利用假日遇雨不必協助農作時，撒個謊躲到廟裡或農會倉庫走廊，才掏出塞在衣服裡的書刊，讀個目眩神迷。

三年初中，正課不好好讀，沒能繼續考上距家五公里的省立中學高中部，必須跑到十幾公里外的縣中就讀。路程加倍，搭車通學要多一趟轉接，耗時費事又多花車錢。於是，每天上學放學便改騎腳踏車，穿梭於農路間。

晨昏時刻，農人蹲踞田裡忙農作，鄉下道路鮮少人車。舊式的腳踏車龍頭鐵管呈水平狀態，和控制前後煞車那兩根細鐵管並行，我用撿來的粗鐵絲綁成克難書架，擱上借來的課外書，邊騎邊看。

於是，莎士比亞全集裡的羅密歐與茱麗葉，跑到我車把上談戀愛；那個本領高強又愛搞花樣的孫悟空，當然不會缺席。至於聊齋裡的妖精魑魅，嘿，不單大白天在農路上左晃右晃，到了夜晚還跑到我的夢裡作怪。

年紀小夢卻多，一天接一天讀著課外書裡的故事，難免異想天開，突然告訴自己說：這個我也會寫。就這麼開始跟著夢囈塗鴉。

許是天公疼憨人吧！高一國文老師宗華先生，慷慨的在我的作文簿不斷地畫紅圈圈，兩三頁的習作後面常出現一長串再加一長串的評語，教我明白哪裡寫得好，哪裡要怎麼加強。宗老師只教了一年，卻影響了我一輩子。

這時，在宜蘭救國團擔任文教組長的朱橋先生，熱衷編刊物並鼓勵學生投稿。他還陸續從台北請來謝冰瑩、王藍、公孫嬿、馮放民、墨人等知名作家到宜蘭演講。當年北宜交通不便，火車車次少，來回車程花掉五、六個鐘頭，一場演講等於耗費整天時間，心中沒股熱情的，誰會來？

有前輩點火煽風，能否燎原，端看自己是不是跟著提筆書寫。那是個必須把文稿寫在有格稿紙，再把它裝進信封，貼上郵票投進郵筒，才算完成投稿手續的年代。我住的鄉下沒有文具店，而宜蘭和羅東街上的文具店，不乏信紙、十行紙、單光紙、白報紙、模造紙，偏偏少見稿紙。大家只好借來鋼板刻蠟紙，把模造紙油印成有格稿紙。滾印時需要高超技巧，印油多寡必須調得均勻適度，印油少了格線模糊不清，多了則滲出油漬。

在那個只有鉛筆、毛筆和鋼筆的年代，用鉛筆寫作怕被報刊編輯誤認是小學生，毛筆小楷又寫不好，當然只能拿鋼筆寫作。偏偏鋼筆墨水容易遭那漫出格線的油漬排斥，顯不出書寫的筆畫。

幾經折騰，寫好的稿件投進郵筒，往往等同投石入海。縱使附了回郵，恐怕也得等一段漫長時日，才會收到退稿。有幸被錄用，隔幾個月甚至一年半載刊出，都不算稀奇。

想維持心底那朵創作火焰，能夠持續燃燒。我的對策是繼續寫、繼續改、繼續投，永遠懷著希望。

能容納學生習作的園地畢竟有限，寫得比自己好的人又多，同好們為了鼓舞自己，不得不另謀出路，找幾個人一起編油印刊物。讓大家既是讀者也可以是作者或編者。

年輕有個好處是不知天高地厚。一時間彼此有樣學樣，全縣六所高中職學生印行的刊物曾經多達二十餘種，雖然大都是單張油印，極少鉛印，卻弄得紅紅火火。

彈指間，半個世紀前那個所謂的文藝青年，已是個在宅老人。體力視力記性耐性無一不差，僅剩心底那朵火焰還算熾熱，勉強能夠尾隨著現今的文藝青壯年，動動滑鼠按按鍵盤，在百花盛開的花園裡散散步，聽點鳥語，嗅點花香。

輯二

枕著一座山

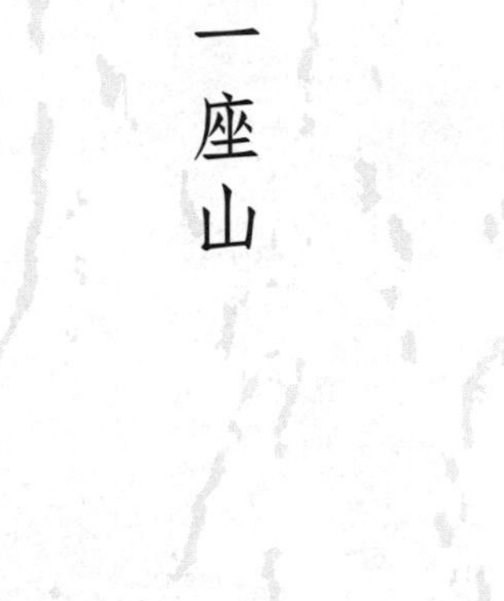

群樹遺言

不管你查閱的是哪個版本的宜蘭市街圖，立刻就會瞧見那塊仿如某些人家掛在門楣避邪的八卦地形，這個區塊正是兩百年前清朝通判所興築，爾後遭到日本人拆掉的「噶瑪蘭城」。

你能找到迄今形跡依舊的城池身影，肯定可以在此一舊城的心臟地帶，也是早年清朝和日本人的縣衙所在，發現我們這個獨特的族群。

平心而論，在房舍櫛比街巷縱橫密布的鬧區，尤其是寸土寸金的市中心，實在不容易看到像我們這種群樹聚落。十幾株挺拔的樹木，大都不受拘束的站穩各個角落，恣意開展枝葉，奮力把天空高高舉起。蒼翠濃密的樹葉，勤快地向寬闊的庭院和鄰近市街遍灑清涼綠意。

兩百年前，清朝皇帝派來一個對工程相當內行的翟淦，擔任噶瑪蘭廳通判，他埋頭苦幹築城並蓋好廳署，坐在這個地方升堂斷案，後面幾十個通判和知縣，跟著在此經營了八十幾個年頭，才由日本的支廳長、廳長接手。

隔不久，日本人把廳署搬到南門外，基地則留給台灣總督府轄下的宜蘭醫院，這家公立醫院經過不斷改制，才成為今天的陽明大學附設醫院。

官場的更迭輪換，似乎不影響我們群樹在此庭院生長。不論是清朝的官吏、日本的官吏和醫師，或是民國的醫師，對我們這些世居庭院的原住民，均予適度尊重和疼惜。非常放心我們所肩負過濾空氣和沉澱酸雨的工作，讓我們群落得以持續繁衍。

二十幾年前，醫院開始拆除舊房舍改建鋼筋水泥大樓，同時擴大停車空間，對我們而言曾是一場大災難，很多的長輩和兄弟姐妹死於非命，僅剩下我們這群劫後餘生者。

我們常聽到病房探病的人，勸慰患者說：「大難不死，必有後福」。大家跟著信了，安下心為人們過濾空氣和雨水，為大地遮蔭，讓日子過得平順安穩。從沒想到接踵而來，又將是滅絕的災難。

不清楚是哪個坐在辦公室吹冷氣的政府官員，大筆一揮，就把這個兩百年來坐過幾十個通判、知縣、支廳長、廳長的辦公所在，由北而南從左肩胛與頸脖之間，朝下畫開一條八公尺寬的計畫道路。短短一百五十公尺長的未來街道兩旁，西側是醫院做為掛號、門診、檢驗、手術、病房等醫療大樓院區，東邊是醫院辦公大樓和醫護人員宿舍區，只有南向尾端貼著少數幾戶民宅！

對於自己統領過的舊縣衙行將被一切兩半，在此當過縣太爺的幾十位清朝通判和知縣，是否會拿出寫上毛筆字的白布條抗議？我們並不了解。至於日本那個叫河野圭一郎的支廳長，與西鄉菊次郎廳長等，雖然曾經在這個地方發號司令，但畢竟是外來的侵略者，既無血緣又無傳承，眼看在地人默不吭聲，他們肯定不好意思表達意見。

醫院方面則表示，地方政府要開路把院區剖成兩半，他們不敢反對。但希望能留下群樹，把計畫道路變成行人徒步區或者民眾散步的道路，對附近居民和住院患者皆是恩典。

不久前，縣政府和市公所的要員們聯袂到現場勘察，卻沒有官員為我們居留說項。最後結果是，逐一在我們胸口綁上號牌，酷似定讞要犯，要醫院盡快把群樹斷手斷腳逐出院區。

說好聽是，我們被剝光衣裳砍斷手腳後，會暫時住到那個叫做「樹木銀行」的地方，再等待機會做永久安置。稍微有常識和經驗的人都清楚，年過半百或年逾古稀的老樹截斷手腳之後再被搬來搬去，存活率能剩下多少？這種綁架式遷移，跟綁赴刑場又有何異？懂得當官的人智商應該不低，心底必然有數。

如果用醫學觀點探討，把可以充當醫院和市中心肺葉的群樹聚落全部割除，然後植入一截排泄車輛廢氣和噪音的直腸替代，是非對錯不必官員專家斟酌，小老百姓都能了然。

也許，群樹正如某些人眼中的木頭，很難理解人類不斷追求文明的手段，究竟只是維護自身生存空間？還是多少能夠澤被周遭的物種？

一、二十年來，國內外有太多城鎮為保留某棵樹而改道讓路，甚至因為一棵樹而變更整棟建築物、整個園區設計，如此情事時有所聞。同樣是樹，而且有許多棵老樹，卻堅持要我們讓出從種籽落地萌芽生長的土地，形同遷移幾根水泥電線桿那般，毫無妥協斟酌餘地，真令我們傷心和不解。

我們央求幾個抄捷徑而從樹蔭下走過的學童，幫忙查查字典，為官員言行找個詞兒，好讓大家釋懷。孩子們找到個連自己都弄不明白的關鍵詞，叫做「顢頇」。這詞有點冷僻艱深，他們用注音符號拼音，再告訴我們兩個字的讀法是「蠻」與「憨」。

二〇一二年十月，宜蘭建城滿兩百年。縣長帶領官員重新踏訪「噶瑪蘭城」幾個城門舊址，特地繞到醫院大門口釘上一面銜牌，明確標示這個院區正是清朝和日據時的縣衙所在「噶瑪蘭廳署故址」。不但博得民眾如雷掌聲，連我們群樹都手舞足蹈，朝著天空那張大大的臉書，拚命按「讚」，說這個當了縣太爺的後生晚輩，懂得飲水思源。

除了飲水思源的成語，我們還聽過人們教導孩子要懂得「惜花連盆」，要「愛屋及烏」。縣政府搬過幾次家，縣長會想到兩百年前這個老縣衙，想起這塊具有歷史意涵的土地，理當不會忘掉長在老縣衙庭院裡的群樹。

我們這群樹聚落，樹齡不一，被列入遷讓土地給預定道路的十五棵樹當中，大半是老樟樹，還有一株老榕樹和粗壯的小葉欖仁。在過往的歲月，我們不分樹種老少，每天努力吸進枝葉裡的，皆是夾雜車輛廢氣與病患咳嗽吐痰的飛沫，然後慷慨地提供篩濾過的新鮮氧氣。

如果，你一時不知道該用什麼名姓稱呼我們，那麻煩你記得，我們正是整個醫院和這座城市的肺葉，緊貼護佑這個城市的心臟。

人們嘴邊有句罵人無情無義的話，說是「沒心沒肺」，雖粗俗倒也貼切。眼看著宜蘭市區的肺葉即將被切除，大家的心又在哪裡？如果，這種近乎集體屠殺群樹的作法被漠視，不免讓我們這些光長葉片和枝幹椏杈的群樹，要問一句：人類的文明又在哪裡？

在某些官員腦袋裡，開闢一段縱使功能不大的小小道路，仍然算是政績。在標榜政績的選舉政治下，十幾棵樹的生死確實不具多大意義。面對這場劫難，我們心底非常明白，來日無多。臨別依依，就請你大度容忍，我們這些群樹最後的嘮叨吧！

再見了！市區的鳥兒們，我們只能說句對不起！再也無法將鼻子、耳朵、眼窩、嘴巴、手臂和肩膀，提供你們跳來蹦去對唱情歌了。再也不能把一頭亂髮，讓你們做窩孵蛋育雛了。

再見了！所有的毛毛蟲和蜘蛛、螞蟻和各類甲蟲，我們沒有辦法繼續伸出筋脈浮凸、皮膚粗糙又龜裂的腳丫和腿肚，任由你們練習攀岩和盪鞦韆了。

再見了！吹過市區的風兒們，還有滴嗒嬉鬧的雨水們，真的對不起！我們不能繼續做為你們捉迷藏和潑水節的遊戲場了！

再見了！在醫院候診和住在病房的老幼婦孺們，當你們習慣於清晨或黃昏出來散步透氣時，請千萬記得在身上塗抹防曬油、防蚊液。我們這些可以幫大家防曬防蚊的老樟樹，再也不能為你遮蔭搧涼，為你散播辛香驅趕蚊蠅了。

再見了！老縣衙一帶的鄰居，以及市區中心的鄉親們，我們再也無法充當你的肺葉，為你所呼吸的空氣先行過濾和篩選了。

屋頂的大樹

打鐵仔街附近原本有個老眷村，那是宜蘭舊城區面積最廣的軍眷村。早前是清朝屯兵的武營，然後由日本人接手當練兵場、衛戍醫院，六十幾年前變成聯勤電池廠廠房、倉庫和眷舍。

房舍建造年代不一，更不乏中途修建、增建者，因此使用材料、構築型式各有不同。包括獨門獨院或雙併的日式木造房屋，以及連棟磚瓦房，形形色色；甚至外觀明明是一棟四坡斜屋頂的大戶宅第，在同一屋脊屋梁底下卻分隔成好幾戶住家，宛如躲藏在媽媽胳肢窩下的多胞胎兄弟姐妹。

一大片房舍已經閒置荒廢許多年，最近始動工拆除夷為平地。僅零星幾棟日據時期的木構建築，被刻意保留下來。

日前，我陪同二十幾位繪本畫家路過打鐵仔街，湊巧發現工地有個角落長著一棵奇特的大榕樹。這樹顯得怪異突出，不在樹種、樹齡或長相，而是它不像一般樹木那樣老老實實在地面盤根錯節，竟然站在一間鋼筋水泥建造的平房屋頂上，騰空離地超過兩公尺。

水泥平房係一棟大型木造房舍後方的增建部分。這棟木造房舍早先可能是庫房，後來才在內部砌牆，併排隔成六、七戶。其中，東側三戶認為居住空間太過狹窄，才聯手在屋後增建這間實則分屬三戶人家的延伸空間。

平房屋頂上這棵大樹，看來已有一大把年紀。枝繁葉茂，綠意盎然，還呼朋喚友地招來姑婆芋等野花野草促膝談心，群聚蓬勃。大榕樹非常貼心，樹冠分布均勻，恰似一把巨傘，傘骨朝向四面八方撐開，並不偏袒哪一住戶，足夠讓這三戶人家避雨遮陽。

大樹似乎認定自己像個不請自來的鄰居，天天坐在屋頂陪屋裡的大人小孩聊天。說他看到了長相如何如何的雲朵，跑到他面前扭腰擺臀或扮鬼臉；說他邀來了多少鳥雀築巢育雛，教他唱歌跳舞；說他如何揮動手臂充當刀劍，一再和武功高強的雷電較量；說他經常光溜溜地享受日光浴，嚴冬酷寒也敢用雨水兜頭淋浴。還有一些時候，他會跟大大小小颱風比賽摔角，玩推擠拉扯遊戲。

後來，屋頂下的住戶搬走了，再沒回來。大榕樹以為屋主既然留下它看門，它只能忠於職守，繼續高高地站在屋頂上，學哨兵那樣東張西望。

有人說，那樹大概站久了疲累便偷懶，姿勢遠不及營區站崗士兵那麼筆挺威武。但憑良心說，不管大樹採蹲姿或盤坐，它可沒片刻鬆懈，再累再睏，連棲息的群鳥全都睡著了，大樹只是眨眨眼、搔搔癢，輕輕地用手指彈潑攀爬在手臂上的毛毛蟲。

日常生活當中，人們上下屋頂，曉得使用樓梯；而住在屋頂的大樹想到地面探個究竟，唯一能夠使出的辦法是，伸長手腳探索一番，模仿猴子攀住屋簷，然後緊貼牆壁溜下地。

也有時候，是趁老主人搬走，尚無新主人入住那段空檔，覓得水泥屋簷與木構屋牆銜接處的隙縫，拚命鑽下來。那料到，剛喘口氣回過神，才發覺自己一腳踩進的房間裡，前後左右全是水泥牆、水泥地，根本無路可去。最後迫使它不得不拐彎繞道，循亮光去擠歪東側一面木框玻璃窗，奮力跨出屋外，撐開腳趾舒舒服服去曬曬太陽，感受地氣。

如此奇特的大樹，竟然要等到左鄰右舍剷除一空，才被我這路人發現，原因不外是早年廠房倉庫由軍隊看管，眷村則以圍牆圈住，想看也看不到。等庫房和住戶陸續遷走，房舍閒置荒廢，卻又教叢生蔓延的野草雜木盤踞，讓人很難去探個究竟。

尤其榕樹、柳樹、茄冬、相思樹、樟樹，統統是人們眼中相當草賤的植物，要引發人們好奇心著實不易。我找來草賤二字做為形容詞，除了盡量吻合地方人口音，還考慮到字面涵義，意思是它隨處可見並不值錢。

現代人感官普遍歸類於重口味，不論視覺嗅覺觸覺味覺，無不四處獵豔搜奇，一旦習慣辛辣，對一般滋味的反應必然麻木遲鈍，不可能有什麼感覺。在人們眼裡，榕樹既屬草賤樹種，哪個地方多一棵少一棵存活，似乎誰都不會在意。

半個世紀前，當眷村滿是住戶的年代，我有個金姓高中同學住在裡頭，記得某次周末放學，我曾背著書包去他家欣賞他蒐集的郵票。二十幾年前，我在台北認識專精於朗誦詩歌的蘇蘭老師，她小時候就住在這村子裡，一棟靠近宜蘭酒廠那頭的日式房舍。三、四年前陪她回故居探訪，發現那房子已經數度易主且老舊不堪，連同她兒時遊戲的巷弄都空空蕩蕩，鮮少人踪。

這兩位朋友的故居，與屋頂上長大樹的水泥平房，分處眷村不同角落，間隔一些巷弄，早先才沒聽過他們提及這麼一棵樹，否則說不定能聽到更多的故事。

隨著年代變遷，不但老眷村住戶陸續搬走，附近打鐵仔街也逐年沒落。街上叮叮噹噹的打鐵聲響消失了，村裡兒童嬉鬧聲沒了，包括踩縫紉機、打麻將洗牌的聲音，還有那南腔北調的樓台會、黃梅調，以及周璇、吳鶯音、潘秀瓊、白光、崔萍、紫薇所唱的悅耳歌曲：〈何日君再來〉、〈我有一段情〉、〈魂縈舊夢〉、〈綠島小夜曲〉、〈今夕何夕〉、〈南屏晚鐘〉、〈今宵多珍重〉那些餘音繞梁的歌聲，好像就在一夕之間全遭人偷走了。

其實說開了並沒什麼奇怪，如今那些梁柱被拆掉，四周變成瓦礫平攤的空地，如何美聲要繞梁也無從繞起。倒是屋頂這老榕樹免不了暗自竊喜，慶幸自己不用再像過去那樣，必須摀住耳朵才能打盹哩！

在我們周邊，幾乎上了年紀的老人家，都有本事應付年輕後生離家外出打拚所留下的孤單處境。了不起天天搬張藤椅坐到門邊，盯著路口，邊扳指頭邊瞧著天光雲影數數日子。我相信，不單老人，凡是老樹皆有這樣的本事。

老武營這一大片土地，屬全民共有，但願手裡掌握權勢者，多動點腦筋留下屋頂這棵大榕樹，好吸引更多孩子更多大人去看它。看看這個由鋼筋水泥鋪成的硬邦邦屋頂，僅靠著灰塵、雨水、陽光、市聲等輪流造訪，竟然可以讓一粒夾雜在鳥雀糞便裡的細小種子，一寸寸地長成這麼一棵大榕樹。

這可不是哪個魔術師使勁就變得出來的把戲，它應該是一則奇妙的童話故事，明白告訴我們，連老天爺面對任何充滿頑強堅韌生命力的種子，縱算細如粉塵，都不能小覷。

山海都到面前來

1.

每次走北部濱海公路，往往不會去記掛原先為什麼想出門，總以為自己正在某次旅行途中。

走這條山海之間的道路，用比較通俗字詞形容，宛若進入一間無比寬闊的畫廊。晴天四處張掛著滿是色彩濃豔的油畫，陰天改以混元渲染的水彩畫幅替代，雨天則是酣暢淋漓的潑墨山水。

等到看似無路可走，猶如賞畫看得入神時，突然發現畫面僅止於此，下一頁圖幅不知被誰撕掉大半甚或整張截去，只好縱容自己想像，去填補那被劫走或收藏的風景。

任何一處拐彎，不是山靠過來，就是海湧過來。山不讓路，海也不肯讓路。而路，天生是個四處晃蕩的流氓惡霸，閃電般伸出拳頭擺出架式，當著山海面前硬是闖了過去。再不成，路會學那醉酒的謫仙，一邊吟哦嘟囔著成串詩詞，一邊踮起腳尖，側扭身軀，緊縮肚囊，左閃右躲地朝前穿越，教山海看傻了眼。

某些路段，分分秒秒都令我驚覺：自己已經走到了陸地盡頭，走到了海島盡頭，眼前僅剩下無邊無際的天空和海洋袒露胸懷，刻意鋪陳無邪的澄澈與蔚藍，誘惑我。

這樣美，實在很難避免被人懷疑，其中是否不懷好意。會不會是暗地裡窩藏著算計人的詐騙集團，正各自施展某種障眼法，在你面前故弄玄虛。

我先用一隻手搭在山的肩膀，然後牢牢抓住它粗壯的肱膊，小心向前邁進。有時情急，僅能順勢地從它筋脈浮現的腳掌溜滑過去。山，始終板著臉孔，緊抿嘴巴，睖瞪著我而不發一語。這時我才弄明白，它心地還是滿善良，如同我們鄉下那群不擅於表達情感的農夫。

我伸出另一隻手，攬住大海腰身。海比較浪漫，總是禁不住咯咯嘎嘎笑個不停，一路上瘋瘋癲癲地花枝亂顫，逗得我臉紅心跳。為了安撫自己，我當它是小時候鄰家那個瘋婆娘，每天往頭上插滿大小花朵，胡亂朝路人拋媚眼、送飛吻。

不知是車子晃動，抑或是山與海聯手在車窗外搧風使勁，令我神志恍惚。我猜，它們早已釀妥一大罎老酒，圖謀灌醉所有過往人車。大多時候，我竟然學那些膽小畏葸而歸順降伏的兵士，丟盔棄甲，宛若遊歷夢境般，任它們擺布。

海風夾帶著鹹味迎面吹來，它不斷地拂拭我頭臉，企圖喚我清醒。我卻怎麼也想不起來，究竟誰曾經這麼貼近我，對我訴說著如此甜言蜜語。

2.

三十多年前，濱海公路尚未闢建，宜蘭人怕走北宜山路，要到台北只能搭乘火車。這火車慢吞吞地在二十幾個車站之間走走停停，一路還得穿過許多黑漆漆的山洞，簡直是一門磨練乘客耐性的課程。也就是說，任何人在那樣漫長旅程中，必須懂得定下心來，始能自得其樂。

通常我會集中精神於列車駛入第一座隧道之前，不看書不打盹，一路眺望車窗外的田野風光。等火車擠進那條狹窄蜿蜒的濱海地帶，我再看海看沿岸礁石，看海上漁船和龜山島。

這時，視線必須先跨越一條勉強可供鐵牛車來去的石子路。在外澳、梗枋、北關、大溪、蕃薯寮、大里一帶，部分路段攔腰架設關卡，漆著一節紅一節白的欄柵，非常霸道的橫在路中央，由士兵荷槍把守。

而在石子路兩側，散布著石頭砌築圈住的砲位，無論高射砲或重機槍都指向海面，形同戰爭影片裡的鏡頭。

過了好幾年，緊張氣氛稍稍鬆懈，紅白欄杆不見了，覆蓋草綠色網罩的槍砲不見了，哨兵也不見了。

我開始騎機車到沿岸許多港澳採訪，在大溪漁港附近山坡上，訪問從龜山島遷來的新住戶。機車一過頭城國小校門口，原本平坦的柏油路立刻變臉，換成一幅長滿青春痘，粗糙且凹凸不平的臉孔。

雨後乍晴，石子路面盛著大小水窪子，像地球被戳破許多窟窿，可以教人經由這些孔洞看到地球另一邊的天空，幾乎是同樣的藍天飄過同樣的雲朵。

我騎的偉士牌機車，引擎聲音很小，它總是很專注地陪伴我，小心翼翼地朝前行駛。未料路面上那些大石頭小石頭還是被吵醒，它們奔相走告，驚惶地在兩只滾動的輪胎底下四處亂竄。

我在機車上清楚感受到，大地已經把腳踏墊底下的擋泥板，變成一面節慶時敲擊的大鼓，或一面用來拍出響聲好嚇走猛獸的盾牌，咯咯砰砰咯咯砰砰地敲打著，一路不曾停歇。

偶一走神，覺得耳畔聽到有支嫁娶隊伍響著鑼鼓，燃放一串串鞭炮，引導我前進。反正，在大多時候我都能夠以一路尋幽訪勝的心情去看待。

等到這條石子路被拓建成柏油路面的濱海公路，我就越走越遠。走過曾經消失在兒時記憶裡的大里天公廟，繼續沿公路前行到石城。南來的山脈，到此似乎已經使盡了力氣，渾身癱軟。火車乘客會在鑽進草嶺隧道之前，用眼神趕緊向海說聲再見。

本以為一旦鐵路隧道張開喉嚨，便把眼前景致全都吞進大山肚子裡，從沒想到，山腳隱蔽處正窩藏著幾棟以石塊砌築屋牆的民宅，以及兩段石頭城牆遺跡。據說這便是紅毛番早年砌築的海防要塞，所以留下「石城」這個老地名。

不遠處則躲著小小漁港，可以跟外界互通聲息。沿東北角海岸分布的諸多漁港船澳中，石城漁港並不顯眼，老一輩人形容它，像個不曾見過世面的鄉下童養媳，習慣搬張小板凳，乖乖坐在爐灶前。

漁港安靜地坐在公路下方，羞怯地伸出兩隻腳丫，任海水輕輕拍打腳掌。港區水域面積不大，如果站在稍遠處看它，差不多僅能容納幾個小學生來玩玩摺紙船。

有公路繞出縣界，我當然不放過。於是騎上機車，一邊貼緊山壁一邊傍側大海，繼續朝前奔馳。山，有時候屈膝跪在岸邊戲水，有時候乾脆伸出大手大腳去撩撥浪潮，濺得一頭一臉浪花，想抖都抖不掉。

沿途經過萊萊、三貂角、馬崗、卯澳、大小香蘭，最後抵達福隆。這些個有名有姓的地方，全是小型聚落，但一路都不難見到釣客佇立礁岩頂端下竿，浪花不時當著面嘲弄嬉鬧。直到拐進福隆火車站，才算找到商家賣店落腳的市街。

在福隆車站，看到了從宜蘭石城那頭鑽過草嶺隧道來的火車，還看到另一列準備鑽進隧道到石城去看海的火車。而令我眼睛為之一亮，是停放在火車站前那輛基隆客運，它正等候下火車的客人轉乘，開往香蘭、卯澳、馬崗……

巴士尾端露出一截沒車門沒車窗的平台，出半截鐵柵欄圍住，像居家陽台，更像現代遊行花車上專供歌舞女郎表演清涼秀的舞台。乘客把籮筐擔子、鋤頭耕犁，甚至搖籃、腳踏車，統統堆放在這兒，跟他們搭車回家。

車子搖搖晃前行，關在不同籠子的小豬和雞鴨鵝，只能無奈地迎合節奏，搖頭晃腦。比較調皮的，會不時輪番地從籠子空格探出頭來，鳴叫幾句表示抗議。

我騎著機車努力尾隨了一段路，這批小豬、小鴨、小鵝跟小雞，或許把我認作見義勇為的救星，不斷朝我尖聲呼救。事後，讀小學的女兒聽到我繪聲繪影轉播實況，她卻說小動物們不停叫嚷，是要我趕緊讓開，別妨礙牠們欣賞車後的風景。

想想也是，這些離開瑞芳或基隆市場搭火車再轉公車的豬雞鴨鵝，肯定是第一次看到山海之間這麼美麗的景致，當然不願意平白錯過。

如此窩心的濱海風情畫，留在記憶中已經很多年，絲毫未泛黃褪色。我不清楚事隔這麼多年，基隆客運是否繼續提供相同的服務？沿途居民是否還需要這樣的服務？一連串問號，勾掛在我腦袋裡揮之不去。

很多風景，很多人事，很多物件，往往隨著歲月流失而不復存在，必須費點心思，始能尋得蛛絲馬跡。可人們似乎不太去計較，大概得等它變成一則故事，才有希望繼續流傳。

3.

詩人瘂弦尚未移居加拿大之前，散文家張曉風還沒上陽明山置屋寫作之前，都曾經考慮到頭城濱海沿岸與山海做鄰居。

尤其瘂弦早年主編《聯合報》副刊期間，因為腰椎疾患住過醫院。我建議，要是能夠經常到宜蘭濱海沿岸散散心，再到礁溪泡泡溫泉肯定有幫助。他非常心動，曾經考慮到宜蘭找個房子住。曉風女士的條件更是簡明扼要，她說，幫她找個有山有海的地方就行了。

幾年前某一天，小說家東年撥電話給我，說他在石城漁港旁邊相中一棟待售民宅，很想買下來做為退休後寫作、看海和釣魚的居所。

我打聽結果，那房屋是屋主向頭城區漁會貸款抵押而遭拍賣，價格合理，跟漁會交易還挺單純，可公告標售一段時間，遲遲未能賣出。除了偏遠，主要關鍵在屋主一家雖然搬走，屋裡卻留下一位老太太，說什麼都不肯離開。我請漁會的朋友設法幫忙，可惜誰都幫不了小說家圓夢。

小說家沒當成那棟民宅主人，曾多次抱憾未能跟山海做鄰居。每回經過石城附近，他總要抽點時間，伸入那個停泊幾艘小船的港口，看看漁船和那棟磚瓦房子。

我猜，我這個小說家老友心底，肯定早已將它視同故居一般地惦念著。

除了詩人、散文家、小說家，想與山海結伴成為鄰居，很多住在都會鬧區的人，又何嘗不曾夢想過？

4.

詩人沒來定居泡溫泉，散文家沒來山海之間寫作，小說家沒買到石城漁港旁的磚瓦屋寫作釣魚，使濱海沿岸未能添加另一番風景，確實遺憾。

幸好，宜蘭人和台北人持續保留這麼一條傍山靠海的道路。讓這麼一條已經被不少人淡忘的路徑，足供任何有心人做為私密景點。

只要山還在，海還在，風景還在，會有多少人來定居，有無更寬闊快速的公路、直線鐵路，對地方而言，應該不太緊要。

我帶著相機，在背袋內放了書本及紙筆，沿山海之間逡巡。哦，真的隔了很長一段時日不曾來過，眼前景色雖是過去所熟識，仍難免感覺幾分生疏。

似曾相識的是，浪潮依舊是溫柔吟唱的歌手，它一面唱催眠曲一面輕輕撫摸過海蝕平台，彷彿要抹掉平台上那一棱一棱，不知道是因為歡樂或是痛苦所留下的皺紋。浪潮更善於模仿激情詩人，把全部相思都寫成詩句，宛若撒布珠玉那樣，傾吐在大大小小石塊上，琤琤琮琮。

書寫的是天書也罷，經典也罷，恐怕只有孩童與醉漢方能讀得懂它。好在這般特大開數版本，字大行間寬，任何年紀都方便當它是大地留給自己的繪本。天地如此寬闊，本來就容許任何人奔馳攀爬或展翅垂降。

看到浪潮依舊痴心，終日與礁岩糾纏廝磨，不明白她們在暗地是否施展某種法術，竟然能將這些粗壯魯莽的巨岩，一一斧劈鏟剉，幾乎少有例外地，全都變成奇特的單面山。

我不懂地質不懂岩石，不懂褶皺節理，也不懂風化崩解。直覺地往好處想，浪潮這個雕刻師畢竟多才多藝又頗具耐性，它能把痴傻無趣的石頭，逐一精雕細鏤。甚至會模仿電視節目裡的大廚，將岩石燉煮成入味好吃的豆腐。

我怕入迷，平日極少閱讀武俠小說。可人在海邊，卻能夠一個章節一個章節去翻閱。我瞥見浪潮施展輕功，悄悄踅到礁岩周邊，先貓下腰身，使出掃堂腿，再猛地騰躍而起，說時遲那時快，女俠揮撒披在身上那片柔軟輕紗充當暗器，兜頭兜臉地把頑石蒙個周全，轉身還不忘拋個媚眼。任憑對方是怎麼個好漢怎麼個英雄，也不得不俯首稱臣。

敢繼續露出腦袋頂起浪花的礁岩，無一不教浪濤利刃斧鑿給雕琢得遍體鱗傷，甚至刮刨成它們飆車競速的跑道，留下一條又一條車轍跡痕。

在海風及海水輪番吹拂下，不單岩石，連生長在這兒的樹木都很奇特。敢這麼貼近浪潮而挺身站出來的樹，無一不教海風與鹽水霧削修裁剪得瘦骨嶙峋，古奇俊逸。

瞧著這麼多大樹小樹生長模樣，一定會誤以為它們天生就不喜歡站在泥砂地上。它們伸出所有腳趾，緊緊趴住抓牢一塊或幾塊岩石，靠雨水及鹽水霧布施之外，日以繼夜竭盡所能地由石塊凹陷或裂縫處，汲取養分滋長枝葉。讓人們透過分叉扭曲又糾結不已的椏杈，即不難了解它們坎坷身世和成長過程。

任何人用心讀書，多少能讀出一點心得，讀山讀海讀石頭讀樹也如此。在山海面前待久了，自然會聯想到早年學生時代學得的一些成語和俗諺。例如堅定不移，堅苦卓絕，堅忍不拔，中流砥柱……

再有，什麼叫以柔克剛？什麼叫負嵎頑抗？什麼叫磨杵成針？什麼叫無堅不摧？什麼叫咬牙切齒？什麼叫慢工出細活？統統一古腦兒湧了上來。

一本圖文並茂的成語俗諺大全，霍然攤開在眼前，讓我逐字逐句認真去複習。從寬闊平野，被逼到窄狹彎曲的山徑；或穿越曲折巷道，而豁然開朗。人生起伏顛簸、困窘跌宕等種種滋味，無不囊括。

面對山和海，千萬不要問我要到哪裡去？準備去做哪些事？面對山和海，我總以為，自己正在旅行。就只是旅行看風景已經教我滿心歡喜，沒有想到再去哪裡，也不準備去做任何事！

流過沼澤的溪河

二十幾年前，我跟著一支拆除鳥網的隊伍，抵達一個只在圖畫書冊和夢境中見過的沼澤。

有人叫它沼澤，有人稱它濕地。不管是沼澤或濕地，這一大片兩扇翼尖分別觸及冬山河和利澤簡老街的荒野，任憑野草野花隨興生長，飛鳥蟲魚自由自在覓食育雛，也只有名家筆下的詩詞或水墨畫，才能表達出當有的意境。

它的名字，就叫五十二甲。

知名和不知名的野草雜樹，全在這片廣大的沼澤濕地擠過來擠過去的嬉戲。其中，最厲害的要數蘆葦，它們占地為王，不分前後左右，彼此勾肩搭背，盤踞成一座座神祕詭譎的迷宮。水茄苳也不差，像玩著跳房子遊戲，四處去站崗布哨。偶爾有風箱樹那個老鄰居，湊過來聊聊天、鬥鬥嘴。

放眼望去，到處是一汪汪大大小小、水深及膝的池塘，它們幾乎是連成一氣的聚落，任何人想走門串戶，踩過潮濕的泥地就行了，別相信鋪得像地毯那麼油緞緞的布袋蓮，落腳的地方可是深淺不一。

不管是長度、寬度、高度、面積，以及重量等等關於數目字的事項，我一向糊塗。總覺得一個地方能叫五十二甲，肯定比我們鄉下那個三塊厝、四結仔尾、五間、六戈仔、七張、十三股、十八甲等村莊，要有氣勢，也寬闊得多。而它，的確如此。

一大片沼澤濕地，竟然朝南朝北漫無邊際地開展去，從這頭望不到什麼地方才算盡頭。若不是新開挖的河道聳起高高堤岸，以及利澤簡老街陸續興建樓房分頭攔住，這些雜樹野草和水窪，恐怕不會放過河對岸那一大片田地，甚至喧鬧著擴張到海邊沙崙。這樣的蔓延，顯然不需花費多少力氣。

我依循彎曲的小路兜著圈子，有好幾條寬窄不一的溪流，肆無忌憚地在沼澤裡穿進穿出，最後全都是注入加禮遠港，去承載著帆船和駁仔船的流水。這一路流經沼澤再蜿蜒出海的流水，正是冬山河的前身。在清朝皇帝統領的年代，人們叫它東港，也稱作加禮遠港或加禮宛港。

繁華喧鬧的碼頭，蹲在利澤簡老街口前方。從基隆、淡水，甚至遠自唐山來的帆船，在此卸下貨物，再由小船接駁，把鹽巴、布匹、瓦片和南北貨，經十六份、月眉運往現今羅東國小邊上的南門圳船仔頭，供應羅東街甚至整條濁水溪以南的大小庄社。

日本人來了以後，鋪了一條輕便車鐵軌，由車伕使勁撐著竹竿前行的台車，取代了原先經由水路滋養羅東鎮街那條臍帶。等到宜蘭線鐵路通車，從外地來宜蘭的人和物資統統改搭火車，不必乘船頂著海上風浪到利澤簡，也不必上下輕便車轉向羅東。慢吞吞地繞了許多冤枉路。

一百五十幾年前，興起於清朝咸豐年間的利澤簡老街，安穩度過七十年繁華歲月之後，隨即開始沒落。從此少有人去關切還有多少船隻在加禮遠港進出，帆船航行的水道是否淤塞。大家憂心的是，每年會淹幾次大水。

加禮遠港或加禮宛港這個被當地居民叫慣的乳名，似乎早已不適合上了年紀的老河道。甚至，連東港這個古老的名字，也被河口對岸的村莊給叫了。

距離利澤簡老街口不遠的野地裡，現今還留有一段舊河道，它每天聳著肩膀、弓著背脊、哈著腰，半瞇著眼睛，靜靜地聽別人述說著自己的身世。

利澤簡老街更像個老說書人，才擱下書本，喝了一口濃茶，即伸出僵硬顫抖的手臂，從後頸項的衣領裡抽出一柄銅製的長菸桿點燃，再緩慢地吐出一縷縷輕煙。

無論山澗伏流、地下湧泉，本都是大地用來哺育農村的奶水，這些流淌的奶水到了五十二甲，往往會在一夕之間變成了農夫們的淚水。只要大水一漲，農作流失，稻田不得不休耕，居民和飼養的禽畜全得避難。大家苦中作樂，便說這裡養的豬都曉得爬上樓拱。

將近四十年前開挖的冬山河新河道，直溜溜地像條飛機跑道，可它不是給飛機起降，也不供載運南北貨的船隻航行。主要是讓河水能夠手腳俐落些，盡快流到海裡，不要貯留在沼澤濕地打轉轉，導致氾濫成災。

讓人餘悸猶存的水患真的改善了，很快卻發現有人運來廢土石往沼澤濕地傾倒，墊高基地興建房舍，接著又有反對設置水鳥保護區的自救會發聲。朋友說，那一大片都屬私有土地，過去長年淹水被迫閒置，如今河水既然有新河道通行，土地肯定跟著值錢，誰不想利用？

溪河依舊流漾著天光雲影，沼澤濕地卻漸次縮小範圍，使我原先留存的清晰真切影像，逐一變成失焦模糊的記憶。只聽得敻遠高深的天空裡，不時拋下一兩句淒厲的鳥聲，我不懂牠是在呼喚找尋友伴，還是對人類出聲喊冤。

人需要有個伴，河流有時也喜歡大手牽小手，才有所謂的百川匯聚。冬山河自不例外，可它也常因此被拖累。離出海口不遠，過去就常有黑黝黝的毒箭射中河的腳踝，它是二結造紙工業盛興時期的直腸，髒臭汙染的程度令人咋舌，沿著水圳兩旁住家和田裡耕作的農夫，都叫它「黑藥港」，早忘了水圳原本名稱。

造紙業沒落了很多年，「黑藥港」這個封號依然未能從人們印象中抹掉，便不難明白它過去是怎麼個惡名昭彰。

在土地尚未被人為墾拓之前，溪河原本就是隨興漫步。而後，人們為住居營生，或為謀取利益，沼澤濕地逐步被填成建築用地，溪河跟著被綁架，不得不挺直腰桿形同僵屍，誰管它美麗不美麗。

河道拉直了，雖說找不回過去婀娜多姿蜿蜒有致的身段和風采，卻也為沿河流域的村莊卸下了淹水的憂心和痛苦。何況平直的河道，可以讓人划槳使帆。不管在地或外來的男男女女，相繼騎著腳踏車，馳騁在高高的堤防上，看著被馴服的河流，簇擁著漾動不停的水波，朝前流去。你要把它當作是老人家喋喋不休的嘮叨，或是年輕人旁若無人的快樂歌唱，應當都可以吧！

也許，現代人講求簡約直白，就不妨引用老祖宗的話來安慰自己——天下事，總是有一好沒兩好呀！

隔了這許多年，當我能夠和一些寫作的朋友坐遊船航行在寬闊的河道裡，心底難免五味雜陳。就像承載著平底船的河水，豐沛而深不見底，實在很難描繪它究竟是什麼顏色。

不管寫詩寫散文，或是寫小說的朋友，大家瞧著被晚風和船艇聯手犁出的粼粼波光，宛若猜著一串串怎麼猜也猜不透的字謎。但大多時候，竟教難得晴朗的天空所吸引。

沒有人弄得清楚，湛藍的穹蒼從何處收集來那麼多類似鳥羽的雲絮，還拼湊成展翅飛翔的鳳凰。一丸允許人們做瞬間直視的夕陽，像極了大鳥的眼眸，燃燒著美麗的紅色火焰。

我只能跟船上的寫作朋友說，下次再來可以翻到堤防另一邊，瞧瞧許多水鳥居住的沼澤濕地，說不定利澤簡老街那個白髮蒼蒼的說書人，願意為大家續一段故事哩！

山上的鄰居

1.

樹是人類最和善、最可信賴的鄰居。在平地如此，山上也一樣，大家卻很少真心對待他們。

我只能坦白招供，對於樹的認知，通常僅止於老樹、大樹及小樹的區別，想進一步了解得靠圖鑑或行家指點。

樟樹、九芎、木麻黃，茄苳、楠仔、尤加利，楓香、雀榕、水柯仔……，還有許多不知名姓的樹，曾經與我住在同個市鎮甚至同條街上，早已是相當親近的老鄰居。竟然得等到半個世紀過去，才發現他們一個接一個失去蹤影。

他們住過的地方，已被闢為道路，被挖成排水溝渠，被蠻橫粗暴的大樓佔據。

我小時候，樹木總是排著隊，站在路邊看我們愁眉苦臉地上學；經過大半天，他們仍舊留在原地，等大家嘻嘻哈哈地放學。每逢初夏，烏鶖即從樹梢輪番俯衝，毫不留情地朝著我們小蘿蔔頭空襲。

等我長大擠客運車到城裡讀中學，群樹照樣守候路旁，彷彿訓練有素的三軍儀隊，誰都可以冒充大將軍去逐一檢閱。荒野地另有諸多高矮不一的樹木，伸長脖子、歪著腦袋看熱鬧。

村裡的老榕樹長著滿臉鬍鬚，像透走下戲台的老神仙，整天蹲坐廟口教小孩子盪鞦韆，同時陪伴一群阿公納涼聊天，吸著他們吐出來的二手菸。

我們常在鄉公所廣場捉迷藏，用稚嫩的額頭頂著木麻黃肚子，拉扯龍柏的裙襬，令他們忍俊不禁，讓人很快教扮鬼的童伴逮個正著。手腳靈巧的，一溜煙爬上柳樹肩膀，躲進他披肩的髮叢，代價往往是手臂頸脖被毛毛蟲充當繪圖紙。

老師說，無論大樹小樹都會呼吸。白天他們呼出新鮮氧氣，天黑開始放臭屁。氧氣使我們國家未來的主人翁身強力壯；而樹木放的臭屁則是二氧化碳，吸多了便氣傷咳嗽，肺葉一旦咳出破洞，有如撈魚的網子，再多氧氣也兜不住，最後可能死翹翹。

老師的結論是，乖孩子一定要早睡早起。

2.

重陽前幾天，與一群寫作朋友到山區住了二天兩夜。大家像小孩子那樣，跌跌撞撞地在海拔二千公尺的太平山原始森林穿梭，練習深呼吸。

十幾個人左繞右繞地跟翠峰湖玩躲貓貓，萬萬想不到這高山湖泊竟然赤身露體，大剌剌地把天空和陽光攬在懷裡。或許她發現我們色瞇瞇盯著，旋即裹上一層又一層絲綢。

轉到棲蘭神木園區，欣賞著依樹木生長年代而以先賢名字稱呼的神木。大家輕鬆地搭乘樹梢的雲霧翅膀，飛越兩千五百多年時空，追隨孔老夫子溫習年少時背誦的《論語》；我們不曾忽略兩千一百多年前就站在這兒的司馬遷，圍在老人家筋脈浮凸的腳下，聽他講古，講自身的慘痛遭遇。連唐宋八大家之一的歐陽修，都說難得遇見這麼多寫作同好，立刻絮絮叨叨說起自己如何被糖尿病和眼疾所糾纏，他勸勉後生晚輩，讀書寫作可不要太過勞累。

唐太宗躲在雲霧裡，彷彿飄浮的幽靈。唉！當帝王的總是難以親近，歷代皆然。

走過福德廟沒多遠，發現前一天端坐在太平山鎮安宮的鄭成功，已先我們在這兒落腳。化身為近四百歲扁柏的延平郡王，對台灣這個海島了解甚深，時刻不忘在頭頂撐開遮陽兼遮雨的大傘。

山上到處是上了年紀的紅檜及扁柏，各自敘說著過往，且一再用椏杈朝天空揮毫，伸展樹根以行草在山徑題詩，希望大家多少有所領悟。

太陽是個畫家，把遠山近嶺彩繪得青綠有致；雲霧更是箇中高手，渲染皴擦，教人看得逸興湍飛。隨時隨地裁剪一段林中步道帶回都市裡，便是仙境。

滿山皆樹，少掉幾棵沒有人會發覺，可令人詫異的是大家愛樹，處處為樹讓路。觀景台、步道上如此，連威權時代蔣公行館旁的木棧道也不例外，步道中央開了窗口，任由兩三棵小樹自在地成長。

山上旅行，話題當然離不開紅檜、扁柏，以及赤楊、鐵杉、九芎等許多樹種。感覺最親近的，應屬九芎與乳名叫水柯仔的赤楊。

兩株老九芎併肩站立，試圖跟紅檜、扁柏較量。兩百年前，宜蘭城土堤城牆上曾大量栽植九芎，使這座形似八卦的城池又稱九芎城。

至於水柯仔，個個練有輕功，動輒成群結隊自平地一路躍上二千公尺，甚至蹦到更高的山上。在宜蘭鄉下，他和茄苳一樣到處留下身影，某些聚落乾脆用「柯仔林」「茄苳林」命名。

檜木則讓我想起青少年時期住的老屋，那是父親從一個叫「吃教樹仔」的教徒手中買來的。早年大家對洋人傳來的宗教心存排斥，說「吃教，死沒人哭！」要住進這種人的房子，免不了有閒話。

但它可是全村最好的木頭房子，檜木梁柱以接榫架撐，牆壁全部用整片檜木板鑲嵌，工法俐落。沉穩的色澤遍布雅致的紋理，不時散發特有的清香。

村人原本用看戲的心情，等我們入住。誰都不曾料到，附近駐軍營長要求先借住幾個月。村人說，總算有官符破煞！連教漢學的先生也樂意在客廳教大家讀《秋水軒尺牘》。

我深信，由幼童到高中畢業這十幾年間，檜木香氣已經由嗅覺、觸覺滲入我身體，留在我肺葉，且隨著血脈循環，迄今仍未消散。

山上幾天，神清氣爽，讓我進一步獲得確鑿認證。

3.

半個世紀以來，我數度到此山區，每次感覺都不一樣。

第一次上太平山，我十五歲。瞅見住著兩千多人的林場，遍布木構建築的員工眷舍，還有只需掛帳不必付現金的福利社。其他像國民小學、公共浴池、招待所、醫務室等一應俱全，不管流籠站、蹦蹦車站，小學裡每間教室，皆設有供人取暖的火爐，比平地任何村莊熱鬧周全。可惜後來再去，統統不見了。

接著森林鐵路拆了，停止伐木了，蹦蹦車、流籠廢棄了。新闢建的林道，變成通往森林遊樂區的公路。

寫作的朋友在印有舊照片的書冊中，看到不少早年砍伐、運輸木材場景，卻已少掉慘烈殺戮的氛圍。極目所及，群山裡擠來擠去的老老小小樹木，無不綠意盎然，笑臉迎人。

反而平地還有一些樹，常被迫和新栽的電杆爭風吃醋，人們總偏袒那帶來生活便利的科技新貴，把樹逐一理個光頭，更不准他們隨便揮舞手臂。

過去大家對待樹木鄰居的態度一貫如此。想騰出空地蓋樓房，砍！想停放車輛，砍！必須掃落葉，砍！要打通道路，要拓寬路面，要截彎取直，砍！砍！砍！砍！

近些年，現代人自認為講究文明，盡量用移植替代砍伐。要蓋樓房，移！要停車輛，移！擋在門口礙了風水，移！要開闢計畫道路，要挖水溝，要栽電桿，移！移！移！移！

到處有人大言不慚的說愛鄉土，卻時刻謀畫如何砍除樹木或逼迫他們遷讓居所。處心積慮盤算的，是哪棵樹木立足所在市值多少？將他移走闢成道路，可以爭取多少選票？

樹木沒戶口，被砍了、被移了、失蹤了，甚少有人關切。人有嘴巴能辯解喊冤，樹沒有；人有選票，樹沒有，儘管他們在某個角落定居傳承了好幾代。

一朝權勢在握，誰也不顧長幼有序先來後到的倫理，不顧樹被移植不易存活。這麼蠻橫，只有鄉下人說的「乞丐趕廟公」足以形容。

其實，人們應該不難預見自己兒孫生活處境，將來只能窩在巷弄、牆角遊戲，在商家廣告牌和路邊變電箱後面躲貓貓，在大樓樓梯間爬上爬下。

4.

我住的宜蘭市區，早先在路旁種樹當鄰居，後來車多人多房子多，樹即陸續遭人就地處決或強迫移植，僥倖躲過幾次劫難的，仍然岌岌可危。

笑話說，某些樹木隨著電線桿一起地下化了！只是電線桿、電話線桿地下化之後，通常會在路邊紅磚道霸占地盤，豎立一個個大鐵箱，噴上「有電勿近」即可雄霸一方。而我們老鄰居似乎什麼也沒留下，原本的住處很快被澆灌水泥或鋪柏油。

許多年少時舊識，如今已不見蹤影。明明是才在眼前的景致，轉瞬卻變成荒誕的傳奇。

我們僅能告訴下一代和下下一代：「很久很久以前，每條道路旁邊以及空地裡，曾經長著很多樹木，大樹會生下小樹，小樹又陸續長成大樹和老樹，他們全是人們的好鄰居。」

孩子們聽了，肯定要問：「後來呢？這些鄰居搬到哪兒？」

舊街道沒有樹，新開的道路則忘掉找回老鄰居。尤其在市中心，橫向如此，縱向如此，連廟宇前面照樣光禿禿。

和寫作朋友下山途中，我數度透過車窗眺望平原景致，能清楚映入眼眸，盡是密密麻麻的水泥樓房。它們團聚成一整撮市街，猶如眾多灰沉沉的消波塊堆疊一起，遍尋不到綠意。

感覺跟科幻片中的怪異星球，跟荒漠裡的海市蜃樓，著實沒什麼兩樣。稍一恍神，準會誤認它是一處刻意規畫出來的——碑石林立的墳場。

我對同行友人說，不論寫詩寫散文寫小說，總糟蹋過很多紙張，對樹木鄰居虧欠甚多。若是有「抓交替」或輪迴報應之說，我們這群人來生投胎，大概只能當樹。

山上的鄰居們，請你不要嫌棄我們。打有人類以來，就有不少人自以為是，動輒誇口「人為萬物之靈」，結果把個美麗的地球攪得烏煙瘴氣。

也許，也許得等到若干年後，整片缺乏群樹幫忙涵養水分的平野，下沉變成沼澤或海洋時，大家才會想念你們這些鄰居吧！

與山海為鄰

1.

有人問我，你住處靠海邊嗎？我說，是！

又有人問我，你家離山近嗎？我也說，是！

那你究竟是住在山邊還是海邊？或是山邊海邊各有一棟房子？

我說，算你猜對，可也猜錯了。我住在宜蘭平原市區，離山離海都不遠，處於山海之間，看得見山又望得到海，甚至看到太平洋中的龜山島。

童年和少年時期我在鄉下成長，村莊離海離市區差不多遠近，不但經常聽海潮呼喚，也能夠清楚地聽到火車喀隆喀隆駛過市區。有時候火車會神氣地嘶吼一聲，大概想讓鄉下孩子去想像它的古怪模樣。

而我外婆家離海更近，每逢寒暑假我都要找機會騎腳踏車往海邊，看舅舅、表哥他們一再揮甩釣竿，把釣線拋向遠處浪濤間，磨蹭大半夜還不死心，硬撐住酸澀的眼皮賴著。

白天沙灘太燙，夜裡則讓人覺得像溫暖柔軟的大床，有別於大多數家庭的硬床板。如果玩伴多遊戲花樣也多，在沙灘挖陷阱坑害對方，築碉堡和長城分敵我打仗。

鄉下人習慣早睡早起，一旦到海邊釣魚全忘掉平日作息，往往通宵達旦，讓朝陽從海平線上蹦出來趕人。

若是前些日子天氣差鼓湧過大浪，風平浪靜之後就容易釣到魚。整條潮間帶彷彿一匝編織得五彩繽紛的彩帶，遍布各色各樣貝殼，挑撿一口袋回學校，便可以和同學交換一口袋玻璃彈珠，或一大落各種圖案的尪仔標。

遇上適合牽罟的日子，海灘像過節慶。罟船主人大多是舅舅朋友，我們一群蘿蔔頭有很多機會加入牽罟行列湊熱鬧，牽罟作業類似學校體育課拔河，一學就會。等那罟網拉上來，船家根據「俱大索分魚」習俗，讓每個參與者多少分幾條蹦蹦跳跳的活魚活蝦，或張開箝子嚇人的螃蟹。

2.

後來住進市區，自己認為和山和海仍然是老鄰居。聽不見山與海的聲音，應該怪人們開始喜歡住樓房，競相興建大樓，喜歡聚一塊兒大聲地議論，大聲地歌唱，大聲地笑鬧，還有天天增加的各式車輛緊跟著一起吵了開來。

兒子讀國中的時候，聽我提及鄉居歲月和海邊遊戲的快樂時光。他高興地說：「等我放假，約幾個同學帶烤肉架和收音機、唱機到海邊去玩！」

後來，我又把早年海邊見聞說給孫子聽，小傢伙半信半疑地回我一句：「爺爺，你講古嗎？你在說古早古早的故事吧！人家電視裡都說，海邊已經不容易釣到魚，沙灘上到處是垃圾哩！」

電視常常騙人，這回孫子從螢幕上看來的訊息，卻絲毫不假。

我幾次坐船到龜山島，連那人煙稀少的海中孤島周邊，都少不了垃圾窺探糾纏。更不必說宜蘭平原幾條溪河的出海口。

小時候曾經聽老人家說過，溪流出海口是海水與淡水交匯處，烏仔魚、土龍、紅槽魚最喜歡在這裡棲息。近二、三十年來，我帶年輕學生到幾條溪河出海口上課，卻發現這地方處處漂浮著空瓶罐、香菸盒、鋁箔包、塑膠袋、紙杯、紙餐盒，甚或整包垃圾，以及豬狗雞鴨屍體，簡直成了展示各種垃圾和動物屍體的博覽會。

這些漂浮物散發臭味，部分會因退潮被拉進海裡；但潮水一上漲，絕對如數奉還。

出海口更是候鳥群聚棲息場所，有幾處被畫定為水鳥保護區，無論男女老少來賞鳥，全得站在垃圾成堆的灘岸。

或許有人要問，哪來這麼多垃圾呢？其實，只要人們溯溪河溝圳，在所有涵洞口、橋墩、水閘處，很快便能找出答案。

3.

二〇一三年十月，與向陽、吳晟、李敏勇、林文義等十幾位詩人、散文家、小說家上太平山、翠峰湖和棲蘭山旅遊。下山後，每個人像小學生遠足回來那樣，要交篇作品。於是我寫下了〈山上的鄰居〉，描述了我的感嘆。尤其是從太平山下來，瞧見平原市街光禿而少綠意，類似水泥建構的墳場，這種影像與人們多年前所見，完全變了樣，卻少有人警覺。

在宜蘭市區清朝及日據時期老縣衙故址，難得活下來十幾棵老樟樹，生氣蓬勃、綠意盎然，成為舊城區僅存的老樹群，竟然被市公所官員視同阻撓開路的賊寇仇敵。

有民眾為那些老樹抱不平，要求留住老樹，繼續幫市中心居民充當過濾空氣和地下水的肺葉及腎臟。相關部門還慎重地請學者專家勘查探討，認為必須列入文化景觀保護，結果仍有官員堅持要移除老樹。

這幾個官員連比他年長的老樹都無法包容，他再怎麼誇口能為你我服務，痛惜你我所立足的這塊土地，你會相信嗎？

我不相信！

4.

為什麼一片靠山又靠海的平原，無法持續保有美麗的容貌？由此即不難明白，其中關鍵並不複雜。

真不知道要等到何年何月，住山腳下的每個人，才可以驕傲地介紹自己：從我家望出去，有一片如同蒼翠林園般的平原市街，絕非光禿慘白類似水泥碑石林立的墳場。

而住家靠近海邊的每個人，同樣能夠抬起頭介紹自己：我住處離海很近，每天和湛藍的大海對看，再掉頭沿大小溪河溝圳溯源，像魚像鳥，回到商家林立繁榮熱鬧的市街，因為那兒並非專門製造垃圾的處理場。

如果，你以為我嘮叨的對象僅指宜蘭，那就錯了！我要請問，所有住在台灣這座海島的人，有哪個人不是山和海的鄰居？

老祖宗早留下一句警世諺語：「天作孽猶可違，自作孽不可活」。等到某年某月的某一天，倘若我們無法繼續與山海為鄰，大概也用不著陽光、空氣和清水了。

大家只好一塊兒成仙吧！

枕著一座山

1.

連續好幾年，我採訪的地區包括一個叫「枕山」的村莊。一個村莊能擁有如此美妙名字，肯定有它獨特的理由。

枕山村伴著一條時而淌水時而涸乾的溪流打盹，西側大山從南北面伸出手臂，恰似尖嘴獸張大嘴巴，企圖吞食整個村莊。好在東端開口處蹦出一座獨立山丘，迫使牠乾瞪眼。這座獨立山丘，形狀看起來像個特大號枕頭。整個村莊，便成天安穩地倚在枕頭上睡大覺。

根據文書資料，早自滿清皇帝、日本總督統領時期，已經使用枕頭山這個地名。甚至不難推測，這名字絕對不是蓄留長髮辮的官員給取的，應該出自當地人嘴裡。

直到現在，他們不論住在山頂或是山腳下，不論大人小孩，仍舊會說：「我家住在枕頭山。」

每次聽到有人這麼介紹自己家鄉地名，心底難免跟著升起一股夢忽忽的感覺。怎麼不？竟然有人能夠世世代代拿一座山當枕頭，如何不讓人羨慕著迷。

枕頭山海拔七十一公尺，長三百公尺、寬約數十到近百公尺，山頂彷彿教人刻意擀過再搗實的平台，遠觀近看就是個大枕頭。

老一輩的比較平實過日子，認為誰也沒辦法將小小腦袋擱上去，因此在古老傳說中，只好把整個枕頭推給神仙，說這山是神仙留下的枕頭。

距離枕頭山數百公尺外，從南往西再轉向北邊，是台灣脊梁及其延伸的肋骨，大小山巒群聚，唯獨它孤伶伶蹲在一旁。就像一群頑童打完枕頭仗之後一哄而散，忘了把掉落地面的枕頭撿回床上。

山頂和山腳下住戶，形同夜空星座，有小小聚落也有零散宅院，各自墾拓一片園子，由高矮不等的樹籬區隔。早年到處相思林，專供窯烤製作木炭。

居民栽植的水果，包括柿子、龍眼、桃子、芭樂、楊桃、桶柑、金棗等。曾經聲名遠播的，應當是逼人牙齦猛冒酸水的珍珠李，以及連皮一起嚼出鮮紅果汁的紅肉李。

二十幾年前，當地農會推廣股長邀我參觀果園，並鼓勵我在山頂買間視野開闊的住屋，我考量工作重點在市區而作罷。否則，我也會理直氣壯的告訴大家：「我家住在枕頭山。」

2.

每次去枕山村，我喜歡把工作當成郊遊，盡量走不同路徑，看不一樣風景。上一趟如果從山前道路進村，繞過山後出來；這次便改由山後道路進去，再繞山前出來。怎麼走都覺得枕頭山像極了剛卸下耕犁的水牛，趴臥地上嚼動牙床，任我再三撩撥，全不答理。

某一回，我帶人到枕山村找朋友，抄了地址，卻眼看整座山忽前忽後對著我團團轉，絲毫瞄不出個頭緒。你一定說撥手機呀！那多無趣，何況早些年手機尚未流行。

我們鄉下人認為，路長在人嘴裡，不曉得怎麼走就開口問呀！問題是村民大多在果園深處忙著，山前山後少見人蹤。最後不得不使出老祖宗的招數，把兩片手掌權充擴音喇叭，高聲叫喊。但位置不對、風向不對，要找的人肯定聽不到嘶吼。

天地問，大概僅剩這山聽得明白，它還當真及時回聲應答。我們喊一句，它緊跟著喊一句，不打折扣的掃描傳真。

最後結果是，枕頭山文風不動地趴在那兒，睥睨著幾隻無頭蒼蠅繞著它團團轉。我猜得出來，當我們掉頭離開時，它肯定要摀住嘴笑到岔氣，否則山坡上那些相思林不會無端地抖動枝葉。

枕頭山畢竟不是早年農家用的大竹筒枕頭，不是藤條編製，不是鋸截樹幹雕鑿出來的，更不是繪著吉祥娃娃摟抱的陶器枕頭。而在相思林無端抖動枝葉的時刻，倒令我回想起小時候用過的另一種枕頭。

那是媽媽用裝麵粉的布袋所縫製，一只麵粉袋摺半剪開，可以裁製兩個枕頭袋。方法是將每天泡過的茶葉撈起曬乾，作為裝填材料，茶葉不夠便從碾米廠帶回粗糠替代。兩種棉布袋枕頭，鬆軟輕盈，不時散發出茶香或稻香。

麻煩的是，每當你要進入夢鄉，總會跑出一群小鬼聚在耳畔推來擠去，絮絮叨叨又說又笑地鬧騰個不停。

3.

我從來不曾向人透露，自己患了某種症狀——每回上枕頭山，目的是眺望生活了大半輩子的宜蘭平原，讓整個人陷入回溯過往的夢遊狀態。

恍惚間，甚至以為自己正是這座獨立山丘的主人，正是頭枕一座山恣意睖瞪著整片平原的巨人。可不是嗎？只有巨人般的頭顱和身軀，才適合睡在這麼大的枕頭上。

然後，將碩大無比的身軀，學那滾滾洪流挾帶土石泥沙，攤開在平原上，逐漸陷進鬆軟的泥地，任由溪河流過鼠蹊部，漫過肌肉浮突的肚腹。

手腳連同身上任何部位，皆可隨意圖繪刺青，留下文字與圖案，甭管他人能否辨識，反正都是現代人所流行的藝術。坦胸露肚躺臥在平原上的巨人，似乎不能例外。

他打赤腳，故意岔開粗細長短不一的手指和腳趾頭。不知道是我不懂得算術，抑或是恍神，全然數不清他究竟長幾根手指與腳趾。興許身為巨人，理當擁有教人數不清的手指和腳趾頭吧！我只能如是想。

朋友建議我去網路查詢。他說網路已經被現代人當作百科全書，足以應付諸多疑難雜症。我卻認為，這事兒恐怕連百科全書都沒轍，何況網路一向不太可靠。

我樂於把巨人當作來自童話王國的觀光客，或神怪傳說書中來無影去無蹤的神仙。縱使網路不當他神仙，但至少得承認他是超人，能夠騰雲駕霧。

我每回上山，巨人總會在身邊騰挪個位置，示意我躺下。學他四仰八岔地仰躺在寬闊的平野上，共同享受這麼一個大枕頭以及比超大通鋪還要大的曠床。

雲也好霧也好，風也罷雨也罷，在此刻不過是撐搭起不同顏色不同材質的帳子，說什麼都擋不住我們嘩嘩啦啦的鼻息鼾聲。

上了枕頭山，誰都會變成巨人。想想，能夠頭枕一座山，怎麼不是巨人？

4.

呵呵！原來自己真是那枕著一座山的巨人！

我讓手腳使勁朝平野撐開去，嘴裡哼起小調，手指頭不忘打榧子，腳趾則頂住天空，撥弄琴弦般去彈撥雲朵。

一個出生在平原邊緣、離海很近的鄉下孩子，從來不明白自己長大長老會變成什麼樣子，竟然有座山允許他把腦袋擱在上面，變成隨時能夠探視回顧過去歲月的巨人，相信誰也不放棄這種機會。

太陽脹紅臉，拚命去點數我的手指，卻怎麼數都數不清，它還想數清楚我的腳趾頭，同樣落得氣急敗壞。縱使最後唆使雨水，模仿行家快速敲打電算機鍵盤，不停地按鍵演算。哈哈，新科技照舊找不到答案。

嬉鬧中，我看到一個不曉得自己長大後變成什麼樣的孩子，與一群穿開襠褲、光著腳丫的童伴，在野地裡追逐。偶爾落單，便蹲在水溝邊摶泥巴捏土尪仔。

我看到一個身上只穿條短褲頭的少年，用扁擔吃力地挑著番薯藤，像喝了過量太白酒的醉漢，搖搖晃晃的走一段歇個幾分鐘，歇個幾分鐘再走一段，從頭到腳全被汗水浸得濕漉漉。

我看到一個背書包的年輕人，使勁地踩著咿咿呀呀響的腳踏車，循田間石子路蹦蹦跳跳地朝市區學校奔馳。

我也看到一個背相機與筆記型電腦的職場男人，像隻餓過頭的野獸，轉來繞去的四處覓食。

突然驚見自己有個分身，出現在遠處拱形橋附近的河堤，彷彿一隻撞傷翅膀的甲蟲，勉強拖著疲憊與傷痛，朝前爬行。

怎知道，這個十分熟悉的身影，稍稍喘過一口氣，隨即焦躁地傾著上半身，持續朝前直闖開去。儘管腰身下襬已經不聽使喚，好像戴了沉重腳鐐，迫使他的步伐跟不上節拍。他卻不認輸。

平野裡，每時每刻都有孩童蹦蹦跳跳，有年輕人及壯漢相繼奔馳而過，有老邁的身影晃動。但同樣的身影不一定是同一個人，而不一樣的身影卻可能是同一個人。

經過一串少年、青年、壯年的歲月，總覺得這個人始終非常忙碌。如此忙碌的人，哪來時間學甲蟲爬行？哪來時間變老呢？

唉！人對自己的一生，免不了會有迷惘和困惑。

5.

山上原本開設一家幼兒園，用娃娃車從鄰近地區接來孩子。天真的孩童本就是仙子下凡，他們可以自由自在地在樹林裡遊戲，聽老師講故事，肆無忌憚地在巨人的眼窩、鼻孔和耳廓穿進穿出，騎上鼻梁溜滑梯，還可以揪住巨人鬍鬚和頭髮盪鞦韆。真好！

可惜幼兒園經營幾年後關閉了，僅留下破舊的城堡教室和遊戲器材，讓野草與螞蟻捉迷藏，讓蝸牛與鳥雀嬉戲。

好在鄰近陸續開了咖啡廳、餐廳。我曾經帶外地朋友坐在陽台咖啡座，邊喝咖啡邊說些陳年舊事。朋友最忙碌的不是嘴巴，反而是眼睛。朋友說，沒想到坐著喝杯咖啡就能夠把整個平原風景瀏覽個大半。

後來經過幾次撲空，才弄清楚咖啡座要睡到下午茶時間，才睜開眼睛醒過來。整座山不聞吵雜人聲，少見人影走動。經過一段時間適應，終於發現被冷落的滋味還真不錯哩！

任誰願意，都可以單獨跟樹木，跟石頭，跟鳥雀，跟山靈，甚至跟自己進行對話哩！

近些年，有錢有閒的人成群結隊瘋旅遊瘋美食，餐廳咖啡廳生意興隆勢必加長營業時段，想做夢，得再去尋個僻靜角落。例如閒置的幼兒園附近，便是個好地方。

瞧著午後的陽光懶洋洋癱軟在山腳下，整片平原任風任溪河去搔癢，時而密集的車輛形同蟲豸般排隊蠕動，在它的衣袖間鑽來鑽去。平原上，到處踩過人們的足跡，我無法辨識哪些個角落自己不曾走過。

人活到某種年紀，依舊有很多事情沒弄清楚，很多事情沒法料到，很多事情尚未去做，日子卻照樣消逝了。

每一時刻都有雲朵飛過天空，它們或許相似，但不難確定，它們並非原先瞧見的雲朵。

尤其夜裡，天空滿布星星，地面跟隨學樣。偶爾看到星星失足跌落，各自畫著美麗軌跡滑向遠方漫無邊際的黑暗處。它們似乎明白，平野的星朵已經多到擠來擠去，要找到個地方落腳著實不易，而競相避到遠處去安居落戶。

從枕山往下探看平野景致，才發現那不單是溪河溝渠，不單是街道農路，連同某個村莊的瓦屋樓房，都可以攬進懷裡，當作是自己庭院和花園，讓一切仿若夢境。

天地大小，端看個人心裡怎麼想。你想它很大，要小也不容易。
這是我找了很多年，才找到的答案。

輯三

騎馬走平原

曬豆腐的陣勢

兩軍對壘，無論是世界杯足球賽或其他競技，只要某支隊伍不堪一擊，即會被形容像一攤軟趴趴的豆腐，提不起、拎不得、捏不住。

話雖這麼說，若是你正走在炎陽底下，可別瞧不起路邊那一篩子又一篩子曝曬中的豆腐哦！他們在持續加工製作成豆腐乳過程所擺出的架式，從來就不顧自身如何脆弱，如何水嫩，如何不耐觸碰。

大伙兒相互鼓舞，個個繃緊皮肉硬挨苦撐，接受烈陽一而再再而三地曝曬，也因此惹惱了老太陽。老人家認為，面對這群羸弱沒長骨頭的挑戰對象，實在沒什麼光彩。

幾十個竹篾篩子讓豆腐當作操場後，乍看彷彿遍地盛開著繡球花、萬壽菊。棋士說它們像沉穩的棋局，歌手則以為應該像填妥音符的樂譜。棋局當然全屬仙人下的棋子，樂譜當然全屬仙人哼唱的歌曲。老太陽暴怒翻臉，只會使自己眼花撩亂。

每隔一段時間，豆腐們都要在篩子裡打個滾，翻個身，有時分午前午後，有時要隔個夜晚，膚色變化猶若魔術師幫忙更換衣裳，他們總是成天嘻皮笑臉地戲弄老太陽。

太陽爺爺最討厭別人說他健忘失智，說他老胡塗。當他手持放大鏡專注地一篩子一篩子去辨認點數時，數著數著竟花了眼，偏偏二十根手指腳趾又不夠計數，免不了越數越生氣。

豆腐陣勢形同大軍壓境，每塊豆腐為了瘦身顯得精壯，早就撒過一層粗鹽以脫掉水分，如此才能規規矩矩加入行列。豆腐們經此冶煉，確實脫胎換骨，個個變得結實且富彈性，老太陽再怎麼要脅恐嚇，為時已晚。對於曝曬後即將面臨烈火蒸煮、黃豆米麴發酵熟成、酒液和麻油浸泡，甚至倒下辣油參與凌虐，豆腐大軍卻沒把它們放在眼裡，照舊文風不動。

個性比較調皮的，還故意扮成可愛模樣，眨巴著眼睛，嗲聲嗲氣地貼近太陽爺爺，請教他是否看過海軍陸戰隊魔鬼訓練營的地獄周和天堂路？

傳聞老太陽曾偷偷跑去問諸葛孔明，該如何對付曝曬中的豆腐陣勢？這位足智多謀的老仙覺一臉笑瞇瞇，自顧自地搖著羽毛扇子搧動鬍鬚。竟然忘了神算高人該有的動作——捲攏手指頭來回掐點盤撥，好推演算計。

老太陽轉而跑去叩響孫武家門板，這位寫了《孫子兵法》的作家，兩千五百年來被人們讚譽為兵法大師。他回答問題絲毫不拐彎抹角，直說時代變化太快，別再用陳舊思想衡量現今世界，更何況當年竹簡製作手續繁瑣，篇幅有限，迫使他匆忙寫下幾個主要章節應急。長期以來，他總希望能夠找到更好時機，去完成續篇。

孫武邊說邊從地面撿了一把石子，擱在桌上擺出陣勢，示意來客何妨較量較量，彼此動動腦筋，可以防止退化失智。老太陽雖是老前輩，膽子再大也不敢當兵法大師面前放肆弄斧，急忙打躬作揖掉頭快閃。孫武追到門口，把兩隻手掌圈成喇叭形狀，對準騰空而去的老先生高喊：「請容許我學會上網上臉書後，去找個妥善辦法，再幫老爺爺您破解陣勢吧！」

從此，任何人只要走到陽光底下，就會碰到老太陽面紅耳赤，張開噴射火焰的鼻孔和嘴巴，劈頭逼問：「你讀過兵法嗎？你懂得這種曝曬豆腐的古怪陣勢嗎？」

「懂！我懂！」當孔明與孫武不肯面授機宜，透露更多玄機之際，有個在宅老人吳某突然中邪似的，簡明扼要地應了一聲。還面對著曬豆腐的陣勢，寫下這麼一首詩做為注解。詩曰——

陽光被仔細裁切
變成數不清的小小方塊

一如匠師切割鑽石
留下多個立面的耀眼晶燦
連窮人都有資格認領

陽光像陣風吹拂
讓人無可逃匿
又像雨水滲透隙縫
無孔不入
而今被分成許多小方塊
調轉哪個角度都一模一樣
更教它難以裝扮易容

或通過舌尖味蕾的關卡
或分裝在玻璃瓶罐
把那些小方塊的陽光
逐一收藏在彎曲的胃腸

由密碼控管
永遠不會走味

對於曬豆腐的陣勢，當孔明與孫武不肯面授機宜，透露更多玄機之際，任何路人想怎麼回答，應該都被允許。

公雞與母雞

院子裡養著一對雞，屬體型嬌小的觀賞品種，牠們在一起十年，過得恩恩愛愛。老母雞直到最近，還陸續生下幾顆蛋。

牠們最大的惡行，是短短兩三個小時便能啄光院子裡的海棠葉子，也可以把蘭花盆上的蛋殼啄成細細的碎片。

不管牠們在前院草地上覓食，或是高踞老樹頭打盹，只要聽到我的木屐聲響起，公雞必張開翅膀，三步併做兩步地緊跟在我後頭，討吃的。

每天天一黑，牠們會自動回到籠子裡。白天家人出門上班，怕牠們在院子裡四處方便，也會趕牠們進籠。實際情形，是我拿根細竹枝朝著鐵絲籠輕輕敲擊，嘴裡發出咯咯咯的招呼聲，公雞必定加緊腳步跑回籠子裡，非常聽話。母雞雖然貪玩，總會先抬起頭朝我觀望，顯得有些不情願，卻也跟在公雞後頭行動。

清明過後一天，我透過書房落地窗，看到散步的公雞精神有些委靡，原本鮮紅的雞冠，色澤變得暗淡且帶點紫，兩扇翅膀下垂著地。我出去把飼料撒在地上後，繼續回書房朝外觀察，發現公雞吃得不多，便到水窪子喝水。

喝完水，牠展翅想躍上落地窗的窗台，卻乏力的撞到胸口，牠沒再嘗試就獨自回到籠子裡，一路走著，高豎的尾羽還一翹一翹地，像是在喘氣。一直到第二天上午，都沒看到牠走出籠子。母雞也靜靜地靠在一旁。

下午趕母雞出來吃食時，公雞在籠裡只剩奄奄一息，雙眼緊閉，頭抵著籠底，顯然連站立的力氣都喪失了。真沒想到，老公雞挨過那麼多回寒冷的冬天，卻熬不過這次綿綿春雨。母雞吃完飼料、喝了水，很快又回籠裡的老位置蹲伏。

下午三時，我上樓午睡前，看到母雞蹲在籠了右側做孵蛋狀，公雞仍垂頭閉眼在籠子左側喘氣。午睡起來，孩子說公雞大概好些了，已經靠在母雞身邊。我趕到雞籠看牠，看不出身上有任何氣息，伸手去摸，才發現公雞已經渾身冰冷僵硬。

平時，家人在白天伸手進雞籠，公雞或母雞都會作勢啄人，這回我移出公雞，母雞似乎知道怎麼一回事，並未動怒。

當我要抱出公雞時，發現公雞往上彎翹的後腳趾，緊緊卡住籠底的鐵絲網縫隙。我想，公雞斷氣前，必定耗費很大力氣才把自己的身軀挪到母雞身邊，尤其當牠的後腳趾被籠底卡住，轉身移動更需要一番力氣。過去遇到這種情況，牠得幾番振翅才能掙脫，曾因此折斷一根後腳趾。

連著幾天，母雞只在早上走出籠子喝幾口水，很快就掉頭鑽回雞籠，不曾在院子多做停留。縱使籠門整天敞開，也未見牠出來。我只好把飼料放在碗裡送進籠子，卻沒看到牠觸碰。

我不知道母雞能有多久的記性，但願牠能夠很快地忘掉這個春天。

一個人看電影

我很少到戲院看電影，某一年生日當天，覺得應該輕鬆一下，特別挑選不至於湧現人潮的早場。

那是個三月天某個上午，我騎著腳踏車到宜蘭大學附近一家書店，買了張團體優惠券，再騎到市區的百貨公司，上了七樓D廳電影院售票窗口兌換入場券，準備欣賞《蘇西的世界》。

這時距離放映時間還有十分鐘，收票口小姐告訴我可以進場。我查看入場券正反面，知道不必對號入座，就坐在靠近出入口的第八排七號，它是全場最後一排中間位置。放眼看去，全場僅我一人在座。

幾分鐘過去，場內主要燈光陸續熄滅，銀幕上開始映現預告片，影像緊隨著音樂節奏晃動。可我一時還無法把視線和思緒專注在這些影像，總克制不了自己，朝進口處張望。

《蘇西的世界》改編自同名小說，導演和演員皆為上選，是一部風評不錯的影片，為什麼沒有觀眾呢？實在令我不解。我給了自己答案，可能是多數人不習慣看早場！既然早場沒有觀眾，倒希望戲院會有人進來跟我商量，我願意換一張其他場次入場券，戲院即可取消這個場次。結果令我失望，並沒有任何人進場找我。

或許，商家為了信守承諾，既然排定早場，便不管有幾名觀眾，也顧不得放映成本，一律準時開演。

通常，一個人跑到戲院看電影，並不稀奇；而整座戲院裡，從頭到尾只有一名觀眾，恐怕不多見。縱使是國家元首或富豪包場，為了耍威風和自身安全顧慮，身邊免不了帶幾個親信及保鏢。甚至在戲院門口、走道和其他制高點，都會部署特勤人員。

想單獨坐在沒有其他觀眾的戲院裡看電影，實在不太容易。沒料到，這種場景就被我這個不常到戲院看電影的人遇上了。從進場到電影開演，再到劇終，整個觀眾席近百個座位，就我一個人。

幾十分鐘過去，思緒只能跟隨色彩繽紛明暗不一的光影晃動，跟著音樂曲調變化起伏，甚至不忘以視線替代腳步，離開自身去逡巡面前那一排又一排整齊的座位，以及所有椅背頂端透過逆光照射而刻畫出的弧線，它們像細碎卻相當均勻的波浪，一波波朝我漫過來又漫開去。

內心有些忐忑不安，不是針對電影裡鬼魂飄蕩的奇幻情節，不是針對獨自一人的孤單。掙扎的是，做為一個現代人，一個花不到兩百元買團體優惠券的人，何德何能去享用、耗費如此龐大的能源？

亮燈出場之際，回頭瞧見放映機房右側的小方洞，方洞裡正貼著放映師臉龐。我歉然地朝他揮揮手，他會意地朝我點點頭。兩個陌生人，交換了彼此都覺得有些尷尬的眼神。

我整個人幾乎被困在不斷閃爍的光影中，度過一個比坐在書房寫作時神情更為恍惚的生日。要是有人再讓我一個人看電影，我肯定說不。

開示

宜蘭市北門口的佛光山蘭陽別院，前身係清朝道光年間蓋的「菜堂」，後來改建為念佛會、雷音寺，從平房到四樓的建築。直到幾年前，才重新興建目前的十七層大樓。

大樓完工啟用時，佛光山開山宗長星雲法師，專程回到這個來台弘法的第一站，為一千四百多信眾行甘露灌頂皈依儀式。

法師在大會堂開示祈福，追憶半個多世紀前首度應邀到宜蘭講經的點點滴滴。正當法師講到當時因為到處找不到廁所，只好從北門口來回走了半個多小時，到東門外宜蘭火車站小解的經過，全場信眾為之哄堂。

我坐位後方，突然傳出另一種尖細悅耳的聲音，顯然是某個幼童稚嫩的歌聲。坐在我前幾排的人不約而同地回過頭來，找尋歌聲來源。我跟著掉頭張望，瞧見一個穿著漂亮衣褲的小男童，正站在座椅上，邊比畫著手勢，邊高興地唱著不容易分辨歌詞的童謠。

坐在旁邊的媽媽，趕緊把男童拉進懷裡，阻止他繼續唱。小男童卻一再地把媽媽摀住他嘴巴的手掌推開，歪斜著小腦袋，照舊忘情地唱著。一面張嘴引吭高歌，還不忘像泥鰍般地扭動身子，想掙脫媽媽的懷抱。逗得回過頭來看他的大人們，個個忍不住笑了開來。

滿臉通紅、陷於窘境的媽媽，只好尷尬地跟著笑，然後抱起孩子迅速朝樓梯口離去。男童的腦袋瓜原本被媽媽按在胸前，他卻機靈地鑽到媽媽的腋下，繼續伸長脖子，朝著大家咿咿呀呀地唱著那首好像永遠也唱不完的歌謠。

這陣小小的騷動，似乎未驚擾到星雲法師開講，我和鄰座幾個人顯然忽略了法師在這幾分鐘裡說了些什麼。只是每個人臉上流露的表情，卻格外地開朗，一點也不覺得因為有所疏漏而懊惱。

如今好幾年過去了，我已經忘掉當時法師在整個儀式中做了那些開示，但耳畔總會不時地響起那串不曉得歌詞、卻無比純真和愉悅的童稚歌謠，甚至想著想著就禁不住笑開來。

宅急便

幾年前，小說家黃春明回宜蘭家鄉創辦文學雙月刊《九彎十八拐》，把我這個在宅老人和幾位退休老師拉去當編輯，每個星期四晚間聚在一起選稿改稿。

說實在，我們這群「共犯」，無論是我這個宅老或其他退休老師，多少都帶點自閉傾向，平常習慣自個兒在閱讀或寫作的框框裡自在優遊，並不適應站到眾人面前談天說地。

可說也奇怪，興許是每星期這一個晚上的耳濡目染，感染了小說家那種談笑風生和無所不談的能耐，大家的宅味竟然一天天淡了下來。後來根本用不著粉墨掩飾，也能夠上台去朗讀作品，推廣「悅聽文學」，甚至帶著讀者四處去「用腳讀地理」。

真要感謝小說家在每次聚會討論稿件取捨之際，不忘拿他遇到的一些有趣事兒，替代學術理論來闡述各式各樣的寫作訣竅，讓人受益匪淺。

有一次，大伙兒談到宅男宅女的流行話題時，小說家就說了一個有關「宅」字的真人真事——

小說家說，他的老朋友文學評論家尉天驄教授，某一天很高興的跑去告訴他，說這個社會真的比以前進步太多了，開始懂得體恤高齡長者的需要，走在街上隨時都可以遇到流動廁所哩！

寫小說的人，隨時隨地不忘觀察周遭動靜。小說家對老友這番話不免狐疑，反問尉教授說：「我經常出門到處跑，怎麼沒碰過流動廁所？有時急得團團轉，還得找麥當勞或百貨公司；如果是回到宜蘭鄉下，附設廁所的商家少之又少，就更麻煩，只能硬憋著哩！」

文評家回答他：「唉呀，是你不注意啦！有一種滿街跑的廂型車，車身漆著大大『宅急便』三個字的，就是啦！你說，如果不是讓人家應急的流動廁所，那又會是什麼呢？」

殘缺

住家不管是老舊低矮的磚瓦房、鋼筋水泥平房，或是寬闊的庭園別墅、氣派的高樓豪宅。只要是家，即足以讓一家老小安頓身心。所有的家庭成員，無論輩分年齡都會用心去營造甜蜜溫馨，分享和樂親情。

幾個月前，我在金瓜石民宿住了一晚，因為全家人聚在一塊兒，感覺如同在家一般舒適快活。翌日遊逛瑞芳街區時，在火車站附近卻看到一個頗為怪異的畫面。

一棟緊挨著街道的兩層樓住宅，不知道什麼原因，竟然被拆掉部分的室內空間及外牆，連家居生活最私密的角落，皆一覽無遺地暴露在路人眼前。對這一家人而言，這樣的居所已經不是殘缺兩個字可以形容。相信任何路過的人看在眼裡，也不免跟著心疼。

尤其外地來的遊客路過這兒，總會好奇地停下腳步觀看。當時站在我旁邊的幾個年輕人瞧見這種景觀，便嘰嘰喳喳議論一番。其中一個老氣橫秋的說，如果他是個秀場經營者或是演藝業經紀人，除了行之有年的鋼管秀，一定要排練個馬桶秀，讓觀眾一新耳目，絕對能夠贏得亮麗的票房收入。

不管這年輕人的想法，是不是符合現代人講究的文創，或者只是通常說的搞怪，畢竟他還是動了點腦筋。像我這個在宅書呆子，就沒有年輕朋友那靈光的生意頭腦，想了半天仍舊免不了掉書袋。

第一個令我想到的，是晉朝那位寫《三都賦》的左思先生。據說左思先生在長達十年的構思寫作期間，《三都賦》裡某些美美的字句，正是作者如廁時蹲來了靈感，及時用紙筆寫下的。

另外，宋代大文學家歐陽修，在吟哦詩詞文章時，有不少是在「三上」所進行。所謂「三上」，一個是臥榻的枕頭上，一個是行路騎乘的馬匹或馬車上，另外一個地方正是茅坑。習慣在這三個地方尋找靈感創作、閱讀文章，主要是這「三上」少有閒雜人等干擾。可再怎麼僻靜無人干擾，暫且不說「枕上」與「馬上」如何，古早的茅坑肯定臭味嗆鼻、蚊蠅競逐，一個人能在如此環境下氣定神閒的專注於讀書寫作，確實不容易。相信兩位文學大師，如果了解現代的抽水馬桶勤於清潔之後，根本沒有異味和蚊蠅問題，恐怕要怨嘆自己生不逢時，否則一定可以寫下更多更精采的篇章。

我還突發奇想，要是經由時光隧道請來兩位先生，坐在瑞芳這個面臨街道的馬桶上，看看書或寫點札記，甚至於僅僅擺擺姿勢，對於台灣讀書風氣的提振，不要說立刻像南韓、新加坡、日本人那樣，每年每人讀個八本到十本以上，應該也不至於在整整一年三百六十五天的日子裡，平均每個人才讀了兩本書。

露天澡堂

朋友從國外回來度假，我帶他到鄉下閒逛。他瞧見一畦菜園竟然裝設兩個並排的浴缸，大為驚奇。霎時呆若木雞，不肯挪動腳步。

直愣了好一陣子，才邊指著香蕉樹下那兩口盛水的大浴缸，用變得有點結巴的語氣說：「怎麼會有人在這種毫無遮掩的野地，闢設露天澡堂。有誰敢在這兒洗澡？在這兒洗澡不被看光光？」

我告訴朋友，這樣的露天澡堂當然非比尋常，也不是一般俗眾脫光了衣服，隨便就能夠在這兒洗個痛快。要洗，必須是很特別很特別的對象，才敢在這兒洗澡。是誰？他不妨猜猜看。

這段話，把朋友弄得有些糊塗，也讓他聽出我帶點刻意捉弄他的破綻。他雙手交叉抱在胸口，歪斜著腦袋尋思一番，才慢吞吞說出答案：「嗯，我猜哪！大概是鄉下頑童或瘋子，才敢在這裡洗澡，必要時還可以幾個人聚在一塊兒洗呢！像我們年輕當兵時那樣。」

他似乎認定這真是個露天澡堂，我不好再詆他，便將浴缸會被安置在菜園的緣由和用途加以說明。告訴這位旅居國外多年的朋友說，農人不管在哪塊地上種青菜水果，除非老天能經常下點雨，都少不得要覓水源澆灌園圃。

某些菜園果園離溪河不遠，取水方便，費點力氣用水桶挑來或用手拎來，再不成弄輛獨輪車載著水桶運送也行。如果，栽種的地方能緊貼溝渠，那便是老天爺給了好地理，弄幾片木板釘一面擋水閘門，隨時截住水流，使溝渠裡水位迅速高漲，即可持把勺子舀水潑灑。

但有不少旱地，既不靠溪河又不貼溝渠，想要栽種蔬果，最直接的老方法是在園裡鑽口井，裝具直立式的手壓幫浦，需水時使點力氣上下壓抬搖臂，抽出水來。可農人儉省，大多捨不得花錢鑽井裝幫浦，便以最古老最傳統的省錢辦法，自己動手用圓鍬和鐘子就地掘口看天井。

所謂看天井，其實是個把大大小小的雨水點滴蓄積起來的土窟窿。有水沒水可供蓄積，當然得看老天爺擺出什麼臉色，農人自然特別珍惜這些來之不易的水源，任何時候都不忘儉省著用。要墾地鬆土，先看天候；要下種選苗，更會顧及是否耐得住乾旱。

掘口看天井蓄水，固然省錢省事，但不管蓄存的雨水多寡，土窟窿周邊太乾或太濕都容易崩塌。通常，農民會找來自家或鄰人不再醃漬醬物的大陶甕，嵌埋在看天井裡，一則解決了土洞周邊崩塌的困擾，再則可以阻絕雨水滲進地裡流失。

這情景，直到充當看天井的陶甕年久碎裂，新陶甕乏人燒製，保存下來的老陶甕已被視為骨董，再也不易覓得陶甕做為看天井墊底。最後只好等著哪戶人家發財了，開始改建浴室廚廁時，快手快腳去號個淘汰廢棄的浴缸，扛到菜園當寶貝。

朋友聽了菜園出現浴缸的故事始末，對鄉下農人的謀生技能和智慧大為讚嘆。便說：「這的確是個非比尋常的露天澡堂，菜園裡有這樣的澡堂，所有青菜水果肯定能夠經常洗個痛快的澡。」

我提醒他，不僅青菜水果，還有附近的鳥雀、昆蟲，天上的星星、月亮、太陽也搶著洗哩！

於是，兩個人很快沉醉在想像的景致裡，坐在草坡上有一搭沒一搭地瘋言瘋語，彷彿兩個醉漢聯手，做起一串串的白日夢。

先被發現的是幾隻蜜蜂，和一些身穿亮麗色彩及斑點服飾的小飛蟲，牠們個個自以為是歌王，盡繞著浴缸嗡嗡嗡地唱個不停，飛個不停。只有突然空降突擊的成群麻雀，能攆走牠們。

最高興的當數這一群又一群的麻雀。儘管溫度有點偏冷，牠們照樣吱吱喳喳地，輪番去試探那被太陽照射過幾個小時的天然溫泉。有的不停地揮動翅膀，故意將水珠濺到其他雀鳥身上；有的必須不斷地把尾羽翹起又壓下，好平衡身子，在狹窄潮濕的浴缸邊緣擠來擠去。相信到了天熱時節，牠們同樣會呼朋引伴到這兒試試冷泉。

算來屬雲朵最虛假，它們穿著蓬蓬裙像舞孃一般打轉轉，不時揮出一隻手臂，或伸出一條腿，拋出嫵媚撩人的眼神，對著兩口浴缸搔首弄姿，卻誰也不曾在這兩面大鏡子裡，清楚地見過它們完整的身影。

這個情景，讓原本在一邊玩著滑翔翼的風看了非常生氣，立刻像鄰村發了神經病的瘋婆娘，一忽兒往東吹，一忽兒往西吹，把浴缸裡的水撥弄得蕩漾不已，連麻雀都被嚇走。白鷺鷥路過，難免好奇地探個頭，隨即以夾雜的鼻音，哼了一聲說：「我不是怕弄濕這一身潔白紗裙，而是那浴缸裡根本找不到魚蝦。」

風有時也會為自己辯解，說它只是一時興起跳個舞，要是換成雨來了，大家才知道厲害！那肆無忌憚的大小雨點，肯定把兩口浴缸當成兩面大鼓，叮叮咚咚叮叮咚咚地敲個不停。

看來，大概只有笑瞇瞇的老太陽比較斯文。太陽公公謙遜地說道：「我年紀大了，沒事兒就喜歡喝幾杯老酒，難免教酒氣薰得渾身紅通通的，你說，我怎麼好意思光著身子在這兒洗澡？不過要是走累了，走得滿頭大汗時，我便去掬把水洗洗臉。實在熱得受不了了，才會把頭殼鑽進去醒醒腦。」

月亮畢竟害羞，通常只在夜晚才肯出現。風聲咬著我和朋友的耳朵說：「月亮那個嬌滴滴的小姐，要等太陽公公睡著了才現芳蹤，那時連小鳥、蔬菜、水果、花朵、樹葉和雲朵，也都睡得打呼嚕。僅剩下一些小鼻子小眼睛的星星，賊頭賊腦的眨巴著色瞇瞇的眼珠子窺探，好在月亮好像不太搭理他們。」

我們夢境裡這些變化多端的景場，全被兩座浴缸瞧在眼裡，它們禁不住張開大嘴哈哈大笑，笑過了還異口同聲的高喊：「歡迎大家來洗澡！」

這時，周邊的青蔥、芥菜、菠菜、萵苣、茼蒿，還有甘蔗以及香蕉樹，好像同時接到號令，突然一齊揮動手臂，擺動腰身和腦袋，一如學童們齊聲大合唱，拉直嗓門嚷著：「我們不坐浴缸，也不泡澡，我們只喜歡淋浴，要嘩嘩啦啦嘩嘩啦啦地，從頭淋到腳！」

經由它們這一番叫嚷，猛地把我和朋友從沉浮的夢幻中拽了出來。

這樣的冬日鄉野，不管有沒有太陽在洗臉洗頭，不管有沒有雀鳥在洗澡或蜜蜂繞著飛翔，或是誰在探頭照映自己的身影……。徜徉其間真是個非常自在的好時光，感覺自己好像剛從露天澡堂泡了個通體舒暢的澡，洗掉了所有煩惱和憂愁。

稍一恍神，身邊彷彿有人幫著煮好了一壺茶，正緩緩地騰升著清香。我們兩人手上，還各自持有一本已經讀了許多頁的書本。

奇特的藍房子

每天傍晚只要不下雨，我都會騎著腳踏車，從市區東側一條農路深入田野，到五公里外的鄉下去。和媽媽在河堤上散步一個鐘頭，再騎車循原路回家。

途中一棟坐落在路旁稻田間的奇特房子，總要吸引我的目光。

這棟又高又大的房子，山脊形屋頂覆蓋在四面牆上，卻不留分毫的簷邊，無論從哪個立面看去，都切得齊頭齊腦，使整棟房子酷似某個巨人不小心遺落的一大塊積木，實在看不出任何匠心構築的跡證。

更特別的是，整棟房子從頭到腳，屋頂連同所有牆面，只漆著一種亮麗的藍色。任由夕陽用不同角度和光線，去變換它的姿色。

若是我回程時間被耽擱，這座造型奇特且看不見任何燈光流洩的房子，就會換裝變貌。宛如一隻只在夜裡出沒的貓兒，箕踞在逐步加深的夜色中，用著詭譎銳利的眼神，遠遠地瞄著我，回應我那閃爍紅光的車尾燈。

開始的時候，我認為建造房子的人真是偷懶，蓋這麼一棟好幾層樓高的大房子，竟然只漆一種顏色，只留下極少又極小的窗子。接著我進一步發現，那大面積的屋頂和牆壁，竟然看不到半個透氣孔，就不得不懷疑可能有特別的安排設計。

這樣一棟少設門窗的大房子，究竟是想窩藏什麼祕密？住的又是哪一號人物？惹得我每次經過都免不了胡思一通，亂想一通。

也許，它是一座童話世界的城堡，你得要是個機伶的頑童，才能夠取得進門的通關密語。

也許，那只是一間生產或修理農具的工廠，外表光鮮亮眼，屋內則到處油汙，散落著各種零件及不同規格的螺絲釘。

也許，它是個大空間的實驗室，長條桌上擺著粗細長短不一的玻璃試管，桌前站著一個滿臉鬍鬚不修邊幅的古怪博士，和他那不敢有任何表情的助手。

也許，窩在裡頭的是，專門拍攝前衛電影的某個新銳導演，他必須有棟這樣大的攝影棚，才能夠緊閉所有門窗，不讓人窺探。

也許，裡面隱居著未來的大作家或大畫家，日夜埋頭織夢，不希望他人打擾。

還有些時候，無端衍生一連串可怕的揣測。猜想這座奇特的房子，正是某些恐怖影集裡頭，專供殺人魔做為凌虐肉票的牢房，有懸梁的鐵鍊和鐐銬，還有養著鱷魚或食人魚的水牢。

我也猜想它，可能是某戶有錢人害怕詐騙集團或黑道老大擄人勒贖，不得不將自己的豪華別墅用一個形式簡單、色彩單純，類似大倉庫的外殼罩起來。正如很多軍事要塞漆繪迷彩，搭起偽裝網那樣。

也許，也許——哈哈！它不過是當地農戶或農會所起造的倉庫，用來儲存稻穀而已。

反正，每天傍晚騎腳踏車經過附近農路，兩腳便不聽使喚，很自然的放慢踩踏速度，且習慣性的把頭歪向藍房子，多瞧幾眼，一而再的展開我那想像的翅膀。

從鄉下折返市區時，一樣要轉頭看看這一座奇特的房子，一樣未失去猜測它的好奇心。每回看到它，腦筋總是拚命運轉個不停，希望能找出一點頭緒，找到一則新鮮有趣的故事，或是個比較符合常理的答案。

我不曾想要靠近它去探個究竟，也不曾和朋友討論過這樣的話題，請別人提供意見。自以為，保持這種不斷追索的好奇心，說不定對上了年紀的我，在思路鍛鍊和智力儲存方面，會大有幫助。

如此過了一個冬天和一個春天，到初夏的某個下午，我突然發現藍房子少掉一面牆，遠遠便能夠看明白房子裡空空蕩蕩的，上半截那些支撐著山脊形屋頂的鋼骨梁柱，無論橫豎或斜插，全數裸露。比一個瘦骨嶙峋的男人當眾脫光衣服，還要令人驚愕，簡直像解剖學教室和醫院裡架起的人體骨骼。

我想，房主人可能要拆掉它。

隔了幾天，事實證明自己猜錯了，屋子並未被繼續拆除，施工顯然只是做某種程度的改建。西向那一面，經常被夕陽當做鏡子的牆壁，已從腰部增建了遮雨棚，成為一處看似可以用來喝下午茶，用來堆放地瓜蘿蔔，用來晾掛衣物，用來停放車輛的走廊。

又隔幾天，原本高瘦的藍房子顯然變胖許多，甚至有些臃腫。增生的部分，不管是廊簷或屋牆，漆的依舊是炫目的亮藍，依舊只有不成比例的門窗。

不過，無論它還留有多少過去的痕跡，在我心底它已經不是先前熟識，能夠讓我胡思亂想的那棟藍房子了。

很慶幸自己，過去那些日子不曾趨近探究房子的底細，只把它當做是自己闢建在心底的虛擬祕室，只准許自己知曉它所隱藏的祕密。因此不管它被拆除或重新改建，絲毫改變不了我對那棟奇特房子的印象。

可見人世間並非事事物物都得探究個清楚，有些時候用想像和猜測，去夢遊尋思一番，似乎要比弄個明白透析有趣得多。

騎馬走平原

——來宜蘭要趁早

近年來，很多人一提到宜蘭，張口閉口都忘不了用「好山好水」形容。官員這麼說，民眾跟著這麼說。其實，在交通便捷錢財掛帥的年代，不要說宜蘭，就算找遍台灣，好山好水恐怕全躲在深山裡。

回顧高速公路尚未鑽進這個平原的年代，開闊的平野三面傍山一邊臨海，大模大樣地像從前皇帝上朝時坐著的那張龍椅，寬闊的靠背、適舒的扶手。每個人在這裡，都能過過君臨天下的癮頭。

誰敢說不是？眼下有自己的天空，自己的山海，自己的溪河，自己的太陽和月亮，自己的雲彩和風雨……。耳朵裡聽到的，有自己的口音腔調，也有自己熟悉的俚語。

豐盛的日常食物和營養，來自——乾淨的陽光，乾淨的雲朵，乾淨的水氣，乾淨的風，乾淨的山林，乾淨的泉水，乾淨的海洋，乾淨的島嶼。乾淨的天空，偶爾打幾個噴嚏，灑下帶點兒酸但還算清潔的雨水，可沒羼塑化劑、毒澱粉，或雜七雜八的調味料。這種景觀，當然可以誇口是好山好水。是一處山明水秀，又兼具高度隱密性的桃花源。

雪山隧道和高速公路猶如一把利劍，橫架在平原的頸脖，還劃過胸膛、肚腹與胯下。迫使平原外貌和內裡，全變得曖昧含混，越來越像某些縣市失聯多年的孿生兄弟。鄉間特有的竹圍和磚瓦屋不見了，一望無際的農田被切割了，先是被一小間一小間公共廁所般的怪異建築占據，眨眼即換成一幢幢小洋房，彷彿圍棋的黑白子那樣布局。

不管你單獨出遊或闔家旅行，千萬不要以為有了高速公路就想開車來。在這裡沒有人希罕百萬千萬名車，甚至不管或新或舊，只會讓人皺眉頭，嫌棄你把原本留存幾分優閒意味的街道，弄得緊張壅塞。你跟家人可以搭乘火車，也可以搭乘班次密集的客運，一個小時左右足夠你脫胎換骨。

到了宜蘭，沒有捷運沒有四通八達的公車。新近營運的小型公車，路線和班次有限，無法滿足旅遊需求。如果你耳聰目明加活力充沛，不妨租一匹鐵馬。年齡夠而且持有機車駕照，建議你改租一匹「我的馬」。

我的馬？沒錯，那種在某些城市被飆車族騎行的脫韁野馬，用來穿街走巷，公路、農路、河岸、山腳、海邊，無往不利。

我們鄉下曾經有個衛生所醫生，每天騎一輛老舊的哈雷機車上下班，車子一停便不容易發動，他從不擔心，自有村裡的孩子搶著推車帶動引擎。在村人嘴裡，它不叫哈雷也不叫機車或摩托車，大家沿用日語叫法「我的拜」。小孩子說話夾雜乳臊味，咬字不清的跟著大人喊著，竟叫成「我的馬」。

還編了兒歌——我的馬，噗，噗，噗，不吃草，不喝水，愛睏打一針，生病吞包藥。我的馬，跑，跑，跑，我的馬，噗噗噗……

騎上我的馬往鄉下奔去，無論朝哪個方向都不再是人擠人車擠車，到處是路小天空大，整條路整個天空皆供你馳騁。

現代人流行在網路搜尋美食，或跟著螢光幕上藝人推薦的變相廣告團團轉。請不要忘了那藝人通常只到場裝模作樣，拍完美美的鏡頭，拿個大紅包走人。何況別人喜歡的口味，自己不一定喜歡，酸甜苦辣或鹹或淡，總是因人而異。至於風景，任何人愛看的風景，並非透過你瞳孔所瞧見，你必須親自目擊感受才算數。

我們鄉下人眼裡，網路像早年拴在牛鼻子上，好牽著牠耕田拉車的那條繩子。人何必跟著一條牛繩瞎起鬨，被唬弄而不自知。

羅東夜市早有名氣，在宜蘭轉運站附近另有個新興夜市。你若是饕餮客，去逛一趟夜市，熏熏油煙，滿足味蕾，應該夠了！要是你想明白平原長些什麼作物，靠高速公路西側、市民大道南邊的田野間，有個新潮奇特的建築，便是果菜拍賣市場。大清早去，你會看到機車、大小貨車載著青菜和瓜果賽跑，然後上磅秤比誰夠分量。那個地方叫黎明里，必須大清早去才能看到熱鬧，才能認識紅心芭樂、三星蔥、溫泉番茄和溫泉空心菜。

你肯定聽說過冬山河，可以買票搭船遊河。但心裡可要有個底，那直溜溜的河道像條飛機跑道，富現代感卻少了原始野味。所以不要忘多留點時間，到附近的舊河道散步，去瞧瞧清朝留下的通商渠道「加禮宛港」，以及噶瑪蘭人舊社、利澤簡老街。再多走幾步路，迎接你的將是五十二甲沼澤濕地。秋天看蘆葦，冬天看水鳥，春夏看萬物滋長。

另外一條叫宜蘭河的，雖無遊船通航，偏有著豐富的人文故事。沿河兩岸的堤頂腳踏車道，是鐵馬輕騎的絕佳路線，它跟著河道蜿蜒，無論從哪一段上堤防，都能夠平順的抵達出海口，去看那三川神水的匯流處，看太平洋中那隻靈龜調頭。

要是你想眺望平原，不必攀爬很高的山。只要騎到宜蘭河上游一座七十一公尺高的獨立山丘，即足以讓你目光和思緒在平原上空展翅飛翔。這山叫枕頭山，除了模樣酷似，據說曾有位老神仙把它充當枕頭睡了一覺。

其實這裡的食物和風景，在你來的地方以及很多城鎮應該都有，你願意花錢花時間跑來，當然歡迎。宜蘭的風景是這樣，宜蘭的人也是這樣，不會用太多畫面令你目眩神迷，不會用甜言蜜語糾纏你。你說單調或清爽雅致都可以，反正不致令你頭昏腦脹，甚至會使你樂於回頭多看幾眼。

若是你要找的是新鮮的空氣，它還在！若是你找乾淨的天空，它還在！即使有時布滿雲霧，它還是清新的水氣，會把所有作物，甚至樹葉和野草，一株株一片片地擦拭得晶亮。

在很多城鎮你嗅不到的泥土味道，嗅不到的青草或莊稼味道，看不出的陽光和彩虹顏色，看不清男人女人以及老人和幼童真正的膚色。在這裡，你統統能夠清楚瞧見。

你要找的若是和善的人群，他們都在！無論你走到那裡，不會被胭脂花粉乳液油膏所掩飾，也不會被奇裝豔服金銀珠寶所分化。你很容易一眼看出對方是學生，是工人，是農夫，是職場上班族，還是攤販或商家。不管男人或女人，他們戴不慣面具，只露出喜怒哀樂的表情。

或許，你會發現市區的交通規則怎麼和其他縣市不太一樣。這裡有些路段確實是車不讓人，人不讓車。俗話說：「路是自己走出來的」，大家不妨體驗體驗吧！

想去的市區村鎮或大街小巷，要是你只顧低頭尋找網路上的地圖，或抬頭看那路牌和指示標，苦練低頭功和抬頭功，哈！你可能正被一條牛繩牽著走，東西南北團團轉。不如把低頭功抬頭功藏起來，張張嘴吐吐氣。

宜蘭人都說：路啊，長在嘴巴上呀！

這是傳自老一輩的口頭禪，到現在還管用。無論村頭村尾、左彎右拐，哪個巷弄哪個聚落哪戶人家，只要你開口問問，就明白。

我想，平原像是一棟收藏許多寶物的倉庫，一旦敞開門窗，自然會有一些東西闖進來，也會有很多東西跑出去。我只能說，想來宜蘭，得趁早！

四個音符

距離

距離十八世紀有多遠？至少兩百多年。遠到讓自己不清楚當年的老祖宗叫什麼名字。距離自己青澀歲月有多遠？都快半個世紀了。遠到認不得某些泛黃照片中的自己。

今年開年看一部電影試片，遇到年輕時從歌德的小說裡初識的一個少年，那個為愛情煩惱寫下長長情書的維特。再次陪他去談戀愛，去優遊了兩百多年前歐洲的田野房舍，和古老市集。完全不在乎他那可笑的服飾和髮套。

平日我喜歡閱讀書籍而少看電影。因為書籍貼身，字裡行間縱有不足，自己可以差遣想像去填補；但影視作品稍有闕漏，立即顯露虛假、造作。難得欣賞到這種如詩如畫的情景，讓我對電影的偏見做了很大修正。

也許，只要有適意的心境和視野，人就很容易被哄騙。不管服飾裝扮，不管年代或族群，有些距離根本不算距離，任何距離都能夠教人輕易跨越。

車站

不管車子上行下行，往東往西，大多有去有回。車起動了，載著你前行的，正是起站；一旦停下來讓你下車的，便是終點站。

二十年前到北京旅遊，住在火車站附近。某個上午，突然想一個人試著搭地鐵，朋友放心的說，北京地鐵路線繞著方框框，坐多久也不會跑到上海或西安，擠來擠去總要回到這裡，縱使坐過頭，兜個圈子還會回來。

人生旅途，能夠朝著不同的方向去來，也能夠兜著圈子恍若走馬燈。無數的車站始終守候著，什麼地方是起訖站？該停留或是繼續前行？全憑自己盤算。

一輩子當中，肯定有過從某個站上車之後，便不曾在這個站下車；同樣的，也會有過在某個站下車後，再沒從那兒上過車。

既然每個車站都可能是起訖站，心底應該少掉許多牽掛。反正，時間到了，都得上車離開，要不就下車走人。

筆記本

喜歡讀書寫作的人，肯定有各式各樣的筆記本。於是書櫃抽屜，書桌上下，背包提袋，到處都塞著筆記本。有的寫了大半，有的零零落落塗鴉，更不乏整本空白如新的放了好幾年。

使用筆記本最大的煩惱是，帶在身上時不一定想寫，要寫它時偏偏沒在手邊。最慘的是，寫了一大堆卻被忘記它擱在哪兒，要不然就是所寫的字句已經變成連自己都看不懂的天書。

退休這些年，讀寫時間比較集中，頗適合筆記本發揮功能，但基於前車之鑑，我改用信手拈來的紙張做筆記。不管是商家的廣告紙，各種通知或帳單，只要有一面空白，往口袋裡一揣，即是我思緒馳騁的版圖。

無論觀賞影集、讀書聊天、出門坐車、散步購物，甚至坐馬桶辦大事，想寫什麼都能掏出紙筆一揮而就，比任何簿冊更為貼身，得空再鍵入電腦。

最近電腦出問題，到家裡來維修的年輕工程師，寫筆記的方式顯然比我先進。他不用紙、不用按鍵，臨時需要抄錄的數據，直接寫在左手掌背面。他說，用其他方式容易忘掉，總得四處翻找或打開電腦查尋，麻煩！

收藏

和大多數人一樣，我的收藏癖好，開始只撿拾圓滾的小石子，買各種顏色橡皮筋和晶亮的玻璃珠，後來把透明的彩色糖果紙、蓋過郵戳的郵票夾在簿本裡，再後來是偷偷地盯著隔壁班女同學的酒窩。

但那好像各有階段性的使命，能夠被長期持續蒐羅的，應當僅剩文字和詞句。從鄉公所公告欄，到殘破的字紙；從車站候車室閱報欄，到學校的圖書館。再從書店櫃台，進了電腦網路，始終執迷不悟。遇上對眼的字句到手，即想方設法地搋好掖好，深怕有所閃失。

不曾低估自己的記憶容量，總以為每個人都有無限大的記憶體卡夾，只要讀過的、想到的、寫下來的字句，不管是情愛、憂傷、疼痛、怨恨，統統收納。從來沒想到，這個最大容量的記憶體竟然有個渾名，叫著「遺忘」。

經常讓我不知道應該按下哪個鍵，或輸進去什麼樣的密碼，才能尋獲我想要的。

給薩瓦拓爺爺的信

親愛的薩瓦拓爺爺，我是從《爺爺的微笑》那本小說裡，認識你和你的孫子布納提諾。在我居住的海島上，我們的爺爺似乎跟你有很大差別。

我們從小就被修身齊家、長幼有序、克己復禮的奶水哺育。在這裡當爺爺的，恐怕很難像你那樣，把自己在游擊隊時掛在嘴邊粗話，以及那一套埋伏、放哨、衝鋒、掃射等殺戮技巧，用在才出生十幾個月大的孫子同志身上；甚至還大手握小手的教小娃兒如何緊握刀柄，對著空氣揮舞，說是砍殺來犯的敵人。

老天，那可是廚房裡剁肉削瓜果的一把利刃哩！

然而就在你這麼絮絮叨叨嘟囔下，你那個還不會說話的小小同志布納提諾上尉，果然能夠把椅子當成武器，推過來推過去，把吸塵器當成坦克車那樣來對付，一老一小高高興興地打起游擊戰。

薩瓦拓爺爺，如果你在我們這個海島上當爺爺，那真的會被視為十足的老番顛。不過，經過仔細思量，我還是比較喜歡接近像你這種爽直卻有趣的老人。

我更羨慕你，輕鬆自在地把天主大學一群教授、博士和研究生當做小朋友，在他們面前興味十足的說起自己編造的鄉野傳奇和神話故事。雖然你自謙在你義大利南方的故鄉洛卡瑟拉鎮上，隨便一個人都能夠像你那樣瞎掰一番，都可以把那些文化人類學者當成白痴般唬得團團轉。還是不得不教人佩服。

當然，在我住的海島上也有老人擁有同樣本事，像你那般侃侃而談，且面對任何人都辯才無礙。唯一可惜的，是不少老人們根本不知道自己已經染患嚴重的色盲，瞳孔裡不是只能看到藍，就是只能看到綠，卻以為已經看遍了整個世界，嘴巴裡隨時隨地不忘掛著：「我吃的鹽，比你吃的米多；我過的橋，比你走的路長。」全然忘掉每個人有不同的生活，每個人都可能有多采多姿的過往。

其實，在我爺爺甚至到我父親那一代，他們絕大部分不識字，卻跟你差不多有趣。至少他們喜歡在廟口或店仔頭，把故事說個不停。說宜蘭河邊的黑面觀音，如何大顯神通上枕頭山捉妖；說歐珀颱風如何捲起太平洋的巨浪，從天空丟下鮮活魚群，砸壞許多住家的屋瓦。

還有人說，年輕時被日本人派到海外當兵，有一回在大山裡幾天幾夜不眠不休地行軍，直到累得走不動了躺在野地酣睡，等一覺醒來，才驚覺全班都把腦袋枕在一條巨蟒的身上……。

現在呢？我自己當了爺爺後卻發現，大多數的爺爺只習慣坐在電視機前，握著頻道遙控器，不時按過來按過去，選擇連續劇或是一些噴著政治口水的鬧劇。

這幾年，海島上的托兒所、幼稚園和小學裡的小朋友，來自於隔代教養或外籍媽媽家庭的人數比例，越來越可觀。說隔代教養，聽起來有點學問，爺爺們能做的事，大多限於接送或支付該付的錢。等這些小天使回到自己父母懷抱時，父母們也只能照著書本養。

薩瓦拓爺爺，希望會有更多的爺爺來讀你的故事。我讀了你的故事之後，心裡便一直在盤算，下回和孫子在一起時，除了捉迷藏、講鬼故事，應當還要設計一些新花樣，說不定我們老小也會砰砰碰碰打起游擊戰。

註：小說《爺爺的微笑》，西班牙作家荷西．路易．桑貝德羅著

遇見艾西莫夫

我每個月都會買一些書，讀一些書，這習慣已經持續了幾十年。早些年喜歡散文和詩，近十來年則以小說為主。我知道有個寫科幻小說出名的艾西莫夫，可我一直沒讀過艾西莫夫。

某一天，路過宜蘭市南館市場，發現這個賣魚賣肉賣果菜和雜貨的傳統市場，臨時間夾了一個小書攤。大部分的書，售價不及一杯飲料，順手一挑就好幾本。其中，兩本是艾西莫夫寫的《你要不要被複製》和《暴龍處方》，厚厚兩大本書，收錄了一百六十三篇科普文章。

捧讀之餘，才發現這個被稱為二十世紀科幻小說大師的作家，在他半個世紀寫作生涯，前後寫了近五百本的書，還寫了三千篇科普文章。

這個患有懼高症而拒絕搭乘飛機，也不喜歡旅行的作家，身上卻像長有千里眼和順風耳，能夠窮天下地，把一生心力都投注在創作。他從十九歲開始發表小說和論述，到六十歲那年就寫了二百一十五本書，包括兩本長達六十四萬字的自傳。往後的十二年歲月，跟隨潮流改用電腦寫作結果，寫出的作品數量更大大地超越過去，使他畢生的作品多達四百六十本以上。

遇見這樣一個天才之後，我不禁懷疑自己過去一看到他迎面走來，即趕緊拐彎繞路的做法，一定錯過不少東西。

出版社寄來的艾西莫夫《鋼穴》試讀本，是我讀到的第一本科幻小說。我承認，自己無法像閱讀其他小說或前述兩大本科普散文那麼心甘情願，不過心裡倒還是懷著一些企圖。

我想，說不定有一天在艾西莫夫前導下，能夠再遇到活了一百歲才上天做神的小腳外婆，遇到因為氣切而無法在臨終前和家人對話的父親；還有那個沒有上過學校，看不懂地圖和指北針，卻經常攀爬南湖大山淘金的舅公。

另外，有機會的話，我也想見見自己書上寫過的那些人物。例如供養沒鼻牛的老祖爺爺，專門釘小木箱扛著夭折嬰兒去埋葬的天送仔，長有倒八字眉和陰陽眼的老魁公，那個拜王公也信基督的番仔婶婆……，他們也許還會有很多故事要告訴我哩！

我不知道，在未來混沌茫然的世界裡，有無自己容身的鋼穴？我曾經試圖到Google去搜尋，卻只找到類似我的那些過去。如何面對木來層層的謎團，恐怕得特別騰一些時間，去找艾西莫夫聊聊才行。

超魔法的猴子

好些朋友的孩子，先後看過我書房裡到處堆滿書籍，最常聽到的一個結論是：好奇怪，那麼多小說，怎麼找不到《哈利波特》？連一本都沒有哩！

曾經有很長一段時間，台灣的孩子跟國外的青少年一樣，為西洋魔法書《哈利波特》著迷，甚至連一些不識字的學齡前兒童，也會吵著要看它拍成的電影。

這幾年逛書店，便常遇到家長帶著孩子，探詢新一集的《哈利波特》出版了沒？何時進貨？

其實，中文世界早在四百多年前，就有一本精采無比的魔法書《西遊記》，令人百讀不厭，很多現代人卻忽略它。

試想，一隻由石頭迸出來的猴子，能夠騰雲駕霧，隨便翻個觔斗足有十萬八千里；手上耍的如意金箍棒，更重達一萬三千五百斤，把它抽長，可上抵三十三重天、下捅十八層地獄，卻也能夠在瞬間縮小成一根小小的繡花針，塞進耳朵裡。

再看這隻美猴王的七十二變，想變什麼模樣就變什麼模樣，拔根毫毛吹口仙氣，即刻可以變成任何一種動物或一塊大燒餅，令人目不暇給，眼花撩亂。牠隨時隨地上天下海所驅逐的妖魔，看來也比那西洋魔法書裡的鬼怪，要搞怪刁鑽得多。

這隻超魔法的猴子，沒進過什麼魔法學校，沒有任何畢業證書或執照，但隨便翻個觔斗，千山萬水眼底過，實在了不起。令誰也不得不驚歎牠的神通廣大，想學都學不來。只是一山還有一山高。這猴子一旦被認定是在耍賴撒野，縱使連翻幾個觔斗，也別以為這麼一去當可逍遙自在。呵呵！《西遊記》告訴我們說，任牠怎麼翻，也翻不出如來佛的手掌心。

這樣的書，夠神奇了吧！

俗話說，近廟欺神，遠來的和尚會念經。說的大概正是大家看待《哈利波特》和《西遊記》這麼一回事吧！

輯四

遙遠的後山

坐牛車過河

快四歲的孩子，懵懵懂懂的夾在幾張翻倒的木桌椅之間，由一堆杯盤瓶罐陪伴，坐著牛車從出生那個村莊，被晃呀晃的載到另一個陌生村莊，途中通過一座很長的木板橋，跨越了流向太平洋的宜蘭河。

牛車平台、車輪輻條與輪圈，同這座橋一樣，全是木頭釘的，包著輪圈外框並非橡膠輪胎，而是打鐵店鍾鍊出來的一圈厚鐵皮。當那鏽跡斑駁且硬邦邦的鐵皮輪框，緩緩地輾過鬆動的木頭橋板，即不停地發出喀啦喀啦聲響，誰也弄不清楚這些橋板是高興抑或是承當痛苦。

車上的板凳桌椅，以及杯盤瓶罐、鍋碗瓢勺，無不哐哐噹噹的搖晃應和。原本閉著眼睛，嘴角掛著口涎的孩子，很快被吵醒。他睜開眼先望見很高很高的天空，接著就看到一條很寬很寬的溪河，從橋下流淌。

在他出生的大瓦厝周圍，只有牛隻滾浴的小水溝，他連水圳都沒見過。眼下突然流淌這麼一條又寬又長又那麼多水的溪河，立刻喚醒他的迷濛夢境。

過了五歲，媽媽送他進小學。學校簡陋，缺教室收容新生，便借來古公廟偏殿當教室。說是上學讀書，更多時候卻彼此吱吱喳喳地騰鬧個不停，彷彿縱放了一群小老鼠在神像供桌下鑽進鑽出。

原先他沒注意到牛車走過的那條溪河，正時時刻刻繞著廟後不遠的堤防下流過。後來和班上幾個來自河對岸的同學混熟了，知道他們每天上學放學必須從木板橋走過兩趟，實在令他羡慕。真好哩！這幾個同學可以像玩騎馬打仗那樣，喀啦喀啦地奔馳過來，又喀啦喀啦地奔馳過去。

有一天老師回學校開會，讓大家提早放學，他跟著家住對岸的同學想去探險。等他腳丫子踩上橋面走了幾步，才發現每一片橋板都非常老舊，遍布裂縫且浮凸著曲張的紋理，彷彿老農夫手臂和小腿肚那些血脈筋絡，四處流竄，甚至在他腳底板搔癢。

他踩到的橋板，少有牢靠穩固的。用來固定每一塊橋板的鐵釘，大多探出頭來或伸出脖子；有的釘子雖然盡責地扎在梁木上，橋板卻因為日曬雨淋而彎翹變形，早已擺脫鐵釘拘束。整座橋如同學校擺在廟裡那台老舊風琴，只要按到鬆脫的啞巴琴鍵，就發出叩叩卡卡的古怪聲音。

兩路並肩排開的橋板，每隔一段距離總會少掉一塊半塊，很像班上同學口腔裡的兩排牙齒，這裡缺顆門牙，那邊少顆臼齒，透出幾處空檔。冷風從橋下順著這些缺口鑽上來，咻咻咻地吹著不同曲調的口哨，恰似深夜裡那種容易招來鬼魅的尖聲怪叫。他偷偷把視線朝這些缺口往下探視，覺得自己正站在懸崖絕壁俯瞰溪澗。

眼前所見景象，把這個小學童嚇傻了，瞬間遭了定身法似的，再也邁不開腳步的呆立橋頭，望著對岸那些同學的背影逐一遠去。

十歲那年，人和膽子都大了點。他與對岸的同學繞道河下游，橫越一座僅剩下橋墩、梁拱和枕木的小火車鐵路橋過河。這座日本人用來運送製糖甘蔗的鐵路橋，鐵軌早在台灣光復前兩年便被軍方拆去興築碉堡，架設阻擋戰車登陸的條砦。

這鐵路橋比古公廟後面的木橋窄了許多，甚至不及一半寬度，兩側更無護欄。每個人只能踩著固定間隔的枕木前行，每一步都看到河水從兩三層樓高的下方流過，走起來心驚膽戰。同學卻說，有些大人還抬著棺材走上面過哩！

同學阿木家的竹圍，座落對岸高灘地，他邀大家到河裡玩水。阿木說，這河水很乾淨，每天他會挑回家填滿水缸，供媽媽燒飯煮菜和泡茶，還有全家人刷牙、洗臉、洗澡。至於媽媽洗菜、洗衣服，則會捧到河邊的大石頭上清洗。

幾個人很快繞過阿木家竹圍，相繼脫下衣褲塞在大石頭旁那棵樹上，光溜溜地跳到河裡。

人才下水，他就緊張地向阿木告急，說一大泡尿快憋不住了，可以尿在河裡嗎？阿木反問，為什麼不可以？他不好意思的說：「怕你們全家喝菜湯時喝到我尿出來的鹹臊味道。」

阿木一板正經地說：「你尿到河裡，很快被魚蝦蜆蚌搶個精光。倒是要注意看看有沒有大魷魚過來搶，牠們嘴巴大，可能連同你的小雞雞一塊兒吞下肚去！還有，你必須一點一點慢慢尿，尿得太猛可能沖到下游的『水鬼仔窟』，水鬼仔可不好惹，他們會像督學沒收我們的參考書那樣，把你小雞雞給沒收了。」

這幾句話不但嚇到正在水裡邊打寒顫邊尿尿的他，連其他有尿意的同學也不敢聲張。他顧不了尿乾淨沒，趕緊用雙手護住重要部位，臉上露出怪異表情，嘴裡吶吶地自言自語：「我的尿很燙哩！像燒滾滾的茶水，魷魚和水鬼應當不喜歡靠近才對。」

然後他反問阿木：「難道你們家的人不怕魷魚和水鬼嗎？」

阿木這時才說：「我們家的人不會把屎尿拉到河裡，這樣太浪費了！我阿爸在屋後挖了土窟仔，上面橫著兩片撿來的棺材板，大人小孩拉屎撒尿全落在土窟仔裡面。阿爸說屎尿很營養，任何青菜澆個幾回，長得特別快特別甘甜。聽我阿公說，菜價好的時候，曾有人到處去偷舀別人家的水肥咧！」

那個下午，大家一面說笑一面在沙質河床摸蜆，沒多久大石頭上已壘了一堆蜆。每粒河蜆都比拇指大，外殼盤繞著黃澄色螺紋。凹凸密布的紋路，很快教人聯想到碾米間老板的唱片，只是不知道有哪一種唱機，能解讀這些從水裡撈出來的蜆殼螺紋。

阿木告訴大家，金黃的河蜆不管炒或煮都非常好吃，它們只長在清水不停流動淘洗的細沙河床。其他水圳撈到的，外殼色澤跟水底爛泥一樣烏麻麻的，吃起來有泥巴的渣滓和腥臊。阿木確實沒騙人，只是大家嘗鮮時都不敢進一步探詢，這些蜆有沒有可能吞吐過先前那泡燒滾滾的尿液。

二、三十年前，古公廟的神像搬到新蓋的大廟。他那一年級的教室，因為讓出部分土地改建橋梁和拓寬道路，已被拆掉三分之一，後來更被夷平地，孳生野草。

他每回路過，總會不自主地停下腳步，看看那個五歲時上學遊戲的地方。不知道搬了新家的古公三王，是否跟他一樣，偶爾回來看看。

早年讓他坐著牛車過河的木板橋，經過多次改建，如今變成又高又拉長了兩三倍的鋼筋水泥橋。模樣有點像天邊的一彎彩虹，橋面雙車道兩側還附設人行步道，架構堅固牢靠。可無論他騎著腳踏車、機車，或是駕駛汽車從橋上經過，卻老以為自己仍舊坐在牛車上過河，耳畔總迴盪著叩叩卡卡的聲響，宛如彈奏著小學唱遊課那架壞了好多琴鍵的老風琴。

半個世紀過去，他多次帶領政府官員、好奇的年輕人和一些寫作朋友，來回地航行在蜿蜒的河道上，總覺得自己周邊有很多東西不見了。他卻弄不明白那些吉光片羽究竟是自己不小心遺失，還是被人偷走了。

不單牛車不見，發出響聲的木板橋不見，原先僅缺少鐵軌的五分仔車鐵路橋也不見了。阿木家搬走後，竹圍被鏟平，再沒聽說過「水鬼窟」的水鬼出來抓替身，更沒看到人下水摸蜆或捕捉大魷魚。

那些丟失或被盜走的，究竟是地面或水裡的風景？是自己的青春夢境？或是曾經有過的雄心壯志？他找不到人問，往往只能安慰自己：「別再追問了，世間有很多事情不是那麼容易弄得清楚。」

好在現代人習慣遠遠地看著河流，只要它看起來仍具有幾分姿色，都不吝讚許。甚至誰也不會管它究竟是經過美容瘦身而顯得年輕貌美，或是因為有了陽光及雲影裝扮才顯得風華絕代。

他一再的把話擱在喉頭吞吐囁嚅，半天都不敢出口探詢。他很想問問這河，是不是還記得他？記得這個從三歲多便坐著牛車過河，而長大而老去的男子。

河流本身早已沒有印象中那麼寬闊，天空則照樣顯得很高很高。六十歲以後的他，費心地把幾十年來沿河聽到的故事，寫成一本書讓人讀它。
自己卻始終覺得，故事一直沒講完。

寒溪對望

我離開公路準備走吊橋的時候，身邊駛過一輛貨卡，車斗上坐了幾個光著上身、晒得黑黑的男子，他們嘻嘻哈哈地談笑自若。我卻連解開胸前的扣子，都覺得不好意思，只好不時地把手帕伸到領口去抹掉汗濕。

上了吊橋，視野跟著開闊，順著溪谷可以眺望到很遠很遠的天邊。這時才發現自己在寒溪這頭，平常生活的都市遠在十幾公里外的溪流末端。之間隔著好幾道由深而淺的綠色山巒，看起來宛如精心部署的一口繁華絢麗的陷阱，等在那兒。

叫賣「正牌土雞」的小貨車，無法從狹窄的吊橋上面行駛，只能喘著氣橫越吊橋下方溪谷。溪谷寬闊荒僻，四處滿布亂石和不見花朵的野草。開車的小販忘了把擴音器關掉，一陣又一陣聲嘶力竭的叫賣聲，不停地迴盪在看不見人影的溪谷。

有個山地老人告訴我說，春天以後溪水一天比一天少，興許是躲在深山裡頭不肯下來。乾涸的溪谷，整天露出肋骨做日光浴，大大小小的石頭就這麼四腳朝天、嘻嘻哈哈地曬太陽。早年會有一些老人來溪底撿石頭，像我父親就曾經騎了幾十公里路的機車，在這裡撿了一塊頗為奇特的寒溪石送我。現在的老人，似乎已經失去這樣的雅興。

每當有風聲梳過吊橋上數不清的大小鋼纜時，便會瞧見整座山谷的風，東闖西蕩地去煽動溪床裡的石頭和野草，一塊兒張開嘴大合唱。

當我走過一半路程，竟然遇到一名婦女騎著機車迎面而來，我趕緊抓住鋼纜避讓一側，她卻只靠雙手和上半身平衡行駛中的機車，自在地把雙腳垂向橋面，並未踩在機車踏板，肯定是準備隨時腳踩橋板應變。

機車幾乎是定速地在吊橋上行駛，引起我注意的並不是那噗噗噗的引擎聲響，而是車輪輾過金屬橋板上所發出有節奏的「咯噠！咯噠！」聲響。這樣的聲響在荒僻溪谷間，由遠而近再由近而遠，讓我想到的是一匹奔馳過原野的駿馬，踩著輕快步伐，與我擦身而過。

吊橋鋼索和部分鋼板上，層層的油漆外皮底下，已經露出鏽蝕斑痕和孔洞，看來吊橋已熬過很長一段風霜歲月。

我朝著吊橋那一頭前行。地圖上說，古魯在吊橋那一頭。古魯是只要遇到老天爺不停地下著大雨時，氣象測候所常常提到的那個監測雨量的地方，早年就有個部落在那兒聚居。

當我走過吊橋，寒溪部落早被我拋在對岸，拋在橋的另一端，卻不見古魯部落迎接我，只有零星住家和歇了業的卡拉ＯＫ店。面對著空無一人的山野地帶，我始終沒有辦法從來人或任何動物的眼神中，去窺探自己孤零零地在細瘦橋板上躑躅，是什麼模樣。

腦子裡，只是不斷地縈繞著「阿溜魯斯？阿溜魯斯？」這樣一句話。

這是寒溪國小學童教我的問候語，是泰雅族人詢問對方「你叫什麼名字？你叫什麼名字？」的意思。一個人，走在空蕩蕩的橋上，走進空蕩蕩一個聚落，我一時竟然想不起答案去回答自己的問話，只能朝著聽不見回音的溪谷，高喊了幾句：「阿溜魯斯？阿溜魯斯？」算是發洩心頭的鬱悶。

當我再度走上吊橋欲回寒溪部落時，部落那一頭上來幾個人，我走到半途等候交會讓路，他們上橋卻只走了二、三十公尺便停留橋上，順著溪谷朝東眺望。

我聽到其中一個男子告訴同行伙伴說，兩岸伸展的山脈在抵達平原之前，猶似雙龍回抱，如果在日出時刻看這景致，便可以瞧見雙龍拱珠的祥瑞吉兆。大家仔細看哦！這山勢像不像一張帝王坐的龍椅，伸出左右雕龍雕鳳的扶手，穩穩當當地。

「唉——」那名男子說完即長嘆了一口氣，才下結語說：「枉費這麼好的地理，竟然被橫跨溪谷的高壓電塔和電纜所糾纏，不然這個部落肯定地靈人傑。」

說話的人可能是個什麼堪輿高手吧！在我們生活周遭，總不難遇到這種自以為是先知的人，告訴我們數不清的無奈和遺憾。

回到寒溪部落，比吊橋對岸顯然熱鬧許多，但繁華的都市仍遠在山下那一頭。過中餐不久，群聚的部落傳出卡拉ＯＫ的歌聲。透過山裡人的丹田與喉嚨，那些原本充滿激情歡樂的歌聲，在這個安靜的山村響起時，竟然迴盪著一股淒涼甚至帶點悲愴的餘韻。

也許，這只是我這個平地人的感覺吧！

客運班車帶回來三名婦女和五個小娃娃，三名婦女手上都拎著裝滿物品的塑膠袋，顯然剛從山下買了食物回來。她們一路上有說有笑，然後分別朝著自己住家的巷弄走去。

客運車在派出所邊的停車場停留，司機下來抽了一支菸，伸了伸懶腰，看著我沒意思搭他的車，又沒有等到其他想下山的客人，即發動引擎，掉頭循著原路下山。

老神仙想搬家

老神仙這回真的想搬家了！

其實，他老人家搬過很多次家。只因為都在同一個平原搬來搬去，早晚瞧見差不多的景致，也還能夠繼續和他的民間老友喝酒打牌聊天，所以連他自己都不覺得曾經搬過家。

但這回不一樣，這次他想的是搬回天庭，就是那個玉皇大帝統領的國度。老神仙慨嘆，在人們永無止境追求財富和物質享受的欲望下，人間已不容易保住近似天庭的居住環境了。

老神仙曾經在玉皇大帝身邊當過多年祕書，原本就是天庭的居民，當年因為看不慣玉皇大帝身邊那群政客巴結諂媚的嘴臉，才寫了報告說自己渾身病痛，聽說海上有個蓬萊仙島，想遷居到島上養老。

玉皇大帝覺得形似地瓜的海島，大半已經被人們開發為熱鬧城鎮，年紀一大把的老神仙到這些地方，恐怕不容易享受到優游自在的生活。於是提醒他說：「從長遠看，那個島上大概僅剩後山一片淨土，適合過你的隱居生活，我在東北隅那個山海環伺的平原裡還留有行宮，偶爾也會去度個假。」

老神仙聽了玉皇大帝臨別贈言，就決定在宜蘭平原定居。他向噶瑪蘭人租了一塊靠近宜蘭河邊的空地，搭起小茅屋聊避風雨，然後用樹藤和竹子編了些家具，在屋旁栽種蔬果，每天到河裡摸兩把蜆、釣幾條魚，湊合過著簡單的日子。

老神仙第一次被迫掃地出門時，對方拿出一張蓋著手模印子的文書，攤在面前。說這塊地已經招墾，已由漢人某某某承耕，不再屬於原主人了，不容他這個老羅漢腳隨便侵占。文書上蓋了個教人觸目驚心的手模跡印，是一隻張開的手掌，布滿清晰紋路，老神仙好像被迎面摑了一巴掌。他只好搬家。

接著有人陸續砍伐原野裡那些老茄冬樹林，把土丘鏟平蓋房舍，把沼澤填掉闢成水田，有了路還要不斷拓寬。村莊一個接一個冒出來，房子越蓋越多，城鎮一個接一個興旺起來。老神仙只好一再地搬家。

幾十年來，老神仙住在山腳下的小瓦屋裡，總算有片野生樹林陪著他。這野生林得以倖存，是因為長的全是質地鬆脆只能充當薪柴的雜木，且它位於平原邊緣，交通不便，土地尚不值錢。

後來，人們在平原中間興築一條高速公路，將整個平原砍成兩半，聽說這條路還想通到花蓮、台東，在台灣全島繞一圈。很多人把它當成財神爺巡境，口袋裡有幾個錢的人都把腦筋動在土地上，連這片野生樹林都有人喊價，眼看租來的小瓦屋就要不保了。

老神仙說，現代人根本瞧不起沒有財富的人，何況他這個窮老頭。能談得來而持續交往的，剩不了幾個。其實這些地主或有錢人的老祖宗，不少曾經是他的民間老友。

他覺得，以前的人生活雖然清苦，也沒有什麼社區營造、守望相助這些名堂，大家卻能相互照應，融洽相處，人情味比較濃厚。老神仙總把自己當作是在地人，常聽他開口閉口的說我們宜蘭怎麼好，怎麼漂亮。

有人笑他：「老神仙，你又不是凡間的人，怎麼開口閉口都是我們宜蘭我們宜蘭？」

他說：「我在這裡住了大半輩子，跟你們的上一代、上上一代曾經是鄰居或好朋友，怎麼不是宜蘭人？」

老神仙真的認識很多人，包括我這個鄉下農民家族的許多成員。我的父親，我那養過鴨群、懂得外燴掌廚的伯父，還有常到南湖大山淘金的舅公，會蓋廟蓋房子的大舅，甚至我的祖父和曾祖父。

老神仙記性非常好，連我曾祖父曾經在距離哆囉美遠社不遠的地方，開了一間雜貨店，他都記得一清二楚。那個叫車路頭地方，到現在還保留著這樣的老地名。

他說：「有一回，我半夜裡菸癮發作，去敲門賒欠菸草，你老祖應門時，手裡竟然握著劈柴的斧頭，差點把我當成土匪砍成兩截呷！」其實，我出生的時候，祖父、曾祖父都已經作古了，祖父生前早搬離了車路頭，老神仙說起故事來，卻歷歷在目，恍如昨日。

只是老神仙從來弄不清楚自己年齡。有一回，他邀我一塊兒喝著自己釀造的老米酒，兩個人都喝得有些胡言亂語時，我趁機打探他多少歲？他竟然說：「如果年紀大了，還要去想自己有多老，豈不是跟自己過不去？」

在老神仙心目中，宜蘭平原不但是人間淨土，也是他想終老的仙境，儘管住在簡陋的小瓦屋裡，也能自得其樂。他從未料到，人們竟然把大山的肚子挖個洞，還拖出一條腸子來，每天車陣不是呼嘯而過，便是大排長龍排放廢氣，加上來來往往的土地掮客，到處找吃喝玩樂的遊客，弄得他心神不寧，睡都睡不安穩。

老神仙說，很多人直覺認為，開路就能帶來財富，卻不去想想台北、高雄有那麼多的高速公路、快速道路、捷運線，密密麻麻的大街小巷，擠來擠去的高樓大廈，結果照樣有人天天餓著肚子，照樣有人貧無立錐之地。

這幾天我躲在家裡寫稿，不接電話還關掉手機，老神仙卻懂得用電子郵件把他想搬家消息傳給我。

忝為老神仙的知己，我建議他：「如果覺得平地鄉鎮太熱鬧太吵，可以考慮住到山地鄉呀！如果真的覺得沒辦法在宜蘭住下去，也可以考慮搬到花蓮、台東呀！」

老神仙卻在電子郵件裡鍵入很多驚嘆號，表示他嘆了很長一口氣，然後說：「當大多數的人只想到賺錢，逢山便能鑽個洞，遇水便能架座橋，還有什麼本事使不出來？當台灣所有的人都想把自己住的地方，變成台北、高雄那樣的大都會，誰又有權利去阻止？」

老神仙還說，這個時代神仙都不見得能變出什麼把戲，人們卻常誇口「人定勝天」，說不定哪一天興起，把島中央那整條山脈給鏟平了蓋豪宅。所以他想了想，萬全之策應當趁著和玉皇大帝還能夠套點老交情的時候，搬回天庭去住吧！

看來，我恐怕要失去這麼一段亦師亦友的情誼了。過去，我和一些同鄉到外地，只要自我介紹來自宜蘭，對方總會接一句：「我知道，我知道，就是那個適合神仙居住的地方呀！」

現在連住了那麼久的老神仙都想搬家了，以後大概不會有人這麼說了。

那個遙遠的後山

西部人說宜蘭、花蓮、台東是後山。有道理，中間隔著高聳的雪山山脈和中央山脈嘛！

只是宜蘭人心裡並不這麼想，總會毫不遲疑地用手指著由北而西再朝南延伸的山脊說，後山還相當遙遠哪！必須貼著南端那些峭壁，貼著大海，走好久好久山路，才能到哩！

小時候，村裡某個人生意失敗欠了債，或是賭牌九把田產輸掉了，連人帶家小走得無影無蹤，大家都會嚷說：「哼，一定是跑後山或走關西了。」

跑後山，指的正是翻山越嶺躲到花蓮台東。那走關西是走到哪兒？大人也說不出個所以然。還是後來當兵在新竹一個山窩窩裡作戰演習，才發現真有關西這個地方。

早在兩百多年前，漢人踏進宜蘭平原後，原住民族噶瑪蘭人就被迫陸續遷往後山，尤其西元一八五三年前後的大遷徙。那時，宜蘭通往後山道路，還要等整整二十年才會開闢，好在噶瑪蘭人善漁獵，划船航海難不倒他們。直到經過了一百三十八年後的一九九一年十月，他們的後裔才扶老攜幼搭乘好幾輛遊覽車，循著蘇花公路從後山回到宜蘭尋親。

這條從清朝同治年間就開闢，經過日據時期及台灣光復後一再改道拓寬的公路，仍天天在和山海拉扯吵架。不是山掄起拳頭捶擊，就是海搧個巴掌過來，人們也只能把路緊緊繫在大山的褲腰上。

如果車輛繼續前駛，那種彎來又彎去的繞法，使路的前端伸向虛空，感覺往前一步便會墜落斷崖下的大洋裡。每每讓人以為自己已經走到了陸地盡頭，走到了這個島的盡頭。

蘇花公路未拓寬為雙線道之前，敢開車的全是老手，但做為乘客，恐怕遠比司機難過。坐在顛簸晃動的車裡朝外望去，看到車窗外的山和海都跟著人車顛簸晃動。彷彿早就有人準備了一大罈酒，存心灌醉你。

早年有個親戚從基隆派到宜蘭蓬萊國小任教，蓬萊屬蘇澳鎮的平地小學，卻和南澳山地村落緊挨著。平地、山地只用蘇花公路東側和西側做為區隔，從蘇澳到此地必須搭乘公路局班車走一個多小時彎彎曲曲的蘇花公路。親戚一路吐到南澳，感覺把所有內臟都嘔了出來。嚇得他足有兩年時間，不敢離開南澳，直到調離的命令下來。

還有一年夏天，我約好隨宜蘭醫院巡迴醫療車，到宜蘭縣最南端的澳花部落採訪。澳花和花蓮縣只隔著俗稱大濁水的和平溪。上車時，發現開車的竟然是我那個醫師朋友，司機先生大剌剌地斜倚後座。

醫師向我介紹說：「這是我們院長派來的林督導，監督我看診，還監督我來回開四五個鐘頭的車。」司機則不甘示弱地回答：「是醫師劫走我的車，我是被綁架的人質哩！」

醫師笑說：「全世界大概找不到這麼享受的人質，由醫生戰戰兢兢地開幾個鐘頭車子，他卻呼呼大睡的去，呼呼大睡的回來。中途還得叫他下車尿尿，連帶抽菸、喝水、吃點心。」

我們就在一路笑話中，忘掉暈車之苦。醫師說他暈車暈得凶，每個星期一趟的巡迴醫療，只能搶著開車載司機來回。自己駕車必須全神貫注，便忘了暈車。

蘇花公路從一九三二年行駛車輛，起頭有近一甲子歲月只准白天單向行駛，由幾個管制站排定時段放行。幾回到花蓮，在東澳、南澳街道上停車排隊等著放行時，都會看到前前後後的貨運卡車司機和助手，湧進路邊飲食店喝酒划拳。

眼看著車隊越排越長，不免讓人以為這項管制好像專為等候他們喝到盡興所訂定。早年沒有酒測，喝酒的司機和助手只要能夠走著找到自己車子，爬上駕駛座發動車輛，就算通過酒測了。

我是一個容易胡思亂想的人。每次走蘇花公路總覺得那些躲在高聳山壁上的岩石，像是已經埋伏得不耐煩的狙擊手，不時地變換位置，從不同角度窺視我，隨時準備暗算我。

我還會想到萬一車子滾落山崖，應當如何脫困。那我一定要抓緊方向盤或扶手，以防被甩出車外摔死或被車身壓住。當然要保持清醒，因為汽車油箱可能在瞬間起火爆炸，昏迷的人肯定無法逃脫，電影都是這麼演的。

曾經欽羨過能感知未來的人，他只要想到可能發生的災難，很快變成事實。老天爺，那是過去閒著無聊亂想，現在千萬不要給我這樣的稟賦。可在蘇花公路不胡亂瞎想並不容易，此刻我但願自己是個後知後覺的笨蛋，別理我心底正想些什麼！

蘇花公路和北宜公路，都曾經惡名昭彰。但在我印象中，蘇花的鬼好像比北宜的鬼要少很多，不太有人在路上撒紙錢。懂得地理的朋友證實我的看法。他分析說，北宜公路在深山裡頭蜿蜒，往往說霧就霧，說雨就雨，一個經常曬不到太陽的地方，必然沉積陰鬱之氣；而蘇花公路雖有高山相隨緊逼，大半視野卻由開闊的藍天大海統領，妖魔鬼怪當然無處躲藏。

一九八〇年二月北迴鐵路通車，很多人和很多物資改由鐵路進出後山。使蘇花公路拓寬為雙車道這些年來，路寬車輛少，行經這條路的人，更能夠放鬆心情去看那大山大洋，怎麼盛著滿天耀眼撩人的雲彩。

最近幾年，我和大多數人一樣，懶得自己開車而搭火車，卻總覺得不經過那山海夾峙的路段，貼著峭壁觀賞那雲天和大海，只能像做夢般鑽進一段接一段黑漆漆的隧道，縱使人到了花蓮，也感覺不出自己已經到了那個遙遠的後山。到了那個經過許多年，還是忘不了的那個遙遠的後山。

若是自己開著車走蘇花公路，隨時可以在沿途路過的村落停留。到東澳不妨拐向海邊看人垂釣，或脫下鞋襪在礫石灘上散步，運氣好的話遇到牽罟軋一角，即可「偎索分魚」哩！要不然到粉鳥林看漁船，到烏石鼻海岸自然保留區看鳥群，或沿著東澳北溪上溯泡湧泉，都會讓人忘掉煩憂。

進入南澳，好幾個泰雅族部落分布在周圍，如果遇上節慶，就不難欣賞到他們的舞蹈、歌唱、織布、釀酒、射箭等技藝；在南澳海邊還有兩三個漢人村落，是八十幾年前日本政府有計畫地從宜蘭平原移民過來的。

繼續朝南行駛，緊接著來的斷崖、瀑布、奇特岩層、臨海古道、野溪、景觀步道、觀景平台等山海之間的風景，宛如一本厚厚的畫冊。也讓不少旅遊行家，宣稱自己找到了私房景點和祕境。台灣很多風景據點，只要人潮湧進即被糟蹋得不成樣子，蘇花公路還能有私房景點和祕境，實在值得慶幸。

記得有次我開車從宜蘭到南澳採訪一項大區域選舉公辦政見會，車過東澳不久，即無緣無故一輛接一輛停下來。大家先是搖下車窗，探頭想了解前方出了什麼狀況。發現雨細得像雲霧，於是便有人下車，在空蕩蕩的來車道上或站或蹲，點燃紙菸吞煙吐霧，小孩子則下來沿著雙黃線撒尿。等得不耐煩的，走到前面去打探消息。不一會，消息傳開說，前面路段有土石滑落，正在清除。

就在此刻，一場即興演出緊接著展開。一溜長龍的車子，竟然逐一打開車門，從車內持續丟出空瓶罐、報紙、餐盒、塑膠袋、尿片、衛生紙……，大人小孩同樣賣力。不但瓶瓶罐罐鏘鏗有聲，似乎連那果皮紙片也成伴奏，急管繁弦，鑼鼓鐃鈸，由遠而近，再由近而遠，使路面很快鋪上一層花花綠綠的垃圾。

有花蓮的朋友聽我說了，立即板著臉正經的聲明：「那些一定不是花蓮人，我們花蓮人跟這條路有感情，絕對不會去糟蹋這麼一條美麗的公路！」

我聽了卻不敢說，那裡面沒有宜蘭人。但願如此吧！畢竟那也是一條很多宜蘭人通往遙遠後山的道路呀！

雲霧茶香依舊在

坪林這個山鄉，對我和某一些人而言，還挺神祕的。

雖說有幾十年歲月，它曾經是來往台北、宜蘭間人車必經之地，可惜我和這些人通常都是坐著汽車呼嘯而過；要不然就是狼狽不堪地下車嘔吐，再做幾個深呼吸，把五臟六腑鬱積的穢氣換成茶香，順便臨著溪谷撒一泡尿。

這個春天，我專程走了一趟，把車停在茶葉博物館停車場，揹起塞著書和筆記本的背包，在舊橋、新橋和老街、新街一帶徘徊，然後走下北勢溪溪谷閒逛。

這才發現，坪林不僅僅是一條街，不單是過去經常走過的和看到的——那一條幾百公尺長，卻兩側全是店鋪的街道。

那一條賣米粉湯也賣茶葉，賣餛飩麵也賣茶葉，賣茶葉蛋也賣茶葉，賣罐頭食品也賣茶葉，賣地瓜青菜也賣茶葉，賣古早味豆腐也賣茶葉，賣炸小魚炸雞塊也賣茶葉，賣鹿茸肉桂也賣茶葉，賣麥芽糖也賣茶葉，賣可樂冰棒冰淇淋的照樣賣茶葉的街道。

二十一世紀了，眼看著那些很快要當家做主的年輕人，只認得買到手即可咕嚕咕嚕下肚的碳酸飲料，誰也不樂意使那文人雅士慢條斯理的功夫，去煮茶煎茶品茶，不免擔心這條茶葉街怎麼走得下去？

我痴傻一問，才猛然發現，坪林人不僅賣茶葉。他們還把冷泡茶裝在瓶子裡，學碳酸飲料那樣，讓現代人隨時隨地暢飲。他們還把茶葉做成茶油、茶梅、茶葉蛋捲、茶葉牛軋糖、茶葉貢丸、茶香鱒魚、菜油煎鰻、茶油燜雞、包種茶凍、包種茶粽、包種茶鵝、抹茶銀絲捲、綠茶手工麵線……。

這年頭，無論年少年長的睡覺做夢，總離不開如何養顏養生打扮自己，坪林人便利用茶葉做成肥皂，把茶葉用鍋爐蒸煮茶湯，供人茶浴泡澡，或熱敷去斑消眼袋。老祖宗傳下來的種茶製茶手藝，一旦發揚光大，吃的喝的抹的洗的搗的一應俱全，神奇吧！

正是這一條賣什麼都會賣茶葉的街道，把不少過客變成遊客，樂於留下來品嘗這些獨特的餐點茶食。更進一步誘使大家深入周邊聚落，流連北勢溪沿岸的山光水色。

可自從北宜高速公路從坪林人的枕頭邊駛過之後，願意中途逗留的人車遽減，那多彎道多起伏的北宜公路僅剩下不得不走的大貨車，以及競速的機車。每個星期幾乎要等到兩個例假日，才會有載著遊客的大小車輛穿梭，坪林街上才能重現熙熙攘攘的繁華盛景。

過去北宜公路車多人多，大家只顧兼程趕路，很多美景一而再地被錯過。尤其是危崖落石和九彎十八拐的驚險，加上路側揚起的紙錢，飄忽不定的山區濃霧，往往令人心生驚懼。上了年紀的宜蘭人，都聽說過這條路住著許多妖媚女鬼，好像任何人心神一恍惚，那傳說中的女鬼便會跳到路中央，張開超長的手臂攔住去路。

其實，在群山中蜿蜒的北宜公路，是一條風光明媚的道路，它不但是進出坪林的要道，坪林有些古老的村莊聚落就分布在路側的山谷河階。

一路上，春天有花朵，夏天有蟬嘶，秋天有黃葉，冬天多雨霧。有時候，東山飄雨西山晴，平地的太陽跟著人車上山，喘著氣爬到半路就耍賴不走，把天空和山林全塞給雲霧管轄。有時候，太陽又像個頑童，不時地探出頭來和雲霧捉迷藏，奈何寡不敵眾，很快叫千手雲霧摀住眼睛，兜頭蒙塊黑布，摺倒在山窩裡。使山間的美，美得更令人難以捉摸。

幾年來，車少了，過客少了，似乎連早午傳說裡那些鬼怪也少了。走北宜公路進出坪林，不管彎哪個彎，拐哪個拐，已經看不見用來賄賂鬼怪的紙錢。

過去那些車陣和那些在人們心頭搗蛋的鬼怪，一起把道路給讓出來，把山把樹把天空把溪流把村莊，統統讓出來。

哈，哈！眼前剩下的是寂寞的山，寂寞的樹林，寂寞的天空，寂寞的溪流，寂寞的茶園，寂寞的村莊和寂寞的街巷。想來，最最適合像我這種寂寞的懶人遊蕩。

有錢的人，可以買一大片地，買一座山，買整個小島據為己有。他們萬萬料不到，像我這種無業遊民，興起抓住春天的尾巴來此山間閒逛，竟然也能夠擁有群山，擁有整條北宜公路，擁有坪林的老街和新街，擁有北勢溪以及溪上的新橋舊橋和吊橋拱橋。連同那些我眼下看得見，以及看不見的廣闊天地。

如果，像我這種寂寞慣了的人，都不懂得享有這麼一方天地，最後大概只能便宜了精於探索的玩家。他們可能是鐵馬騎士，可能是機車族背包族，或是一些喜歡露營狂歡的年輕人。

我在坪林國小後面，從老街的一條巷道裡找到一家三合院。屋牆、門框、窗框的石材，都是鄭姓人家的老祖宗請來石匠裁鑿的，屋頂的紅瓦片則是鄭家老祖宗，帶著兒孫蹲在魷魚窟附近山區，蓋瓦窯一片一片捏壓燒製的。

七十五歲的鄭老先生說，坪林有不少百年前就地取材構建的石屋，可惜陸續被改建成鋼筋水泥樓房。鄭家老祖宗一百多年前從唐山過來，傳到他是第五代。會選在深山裡墾荒，說是平地謀生不易，山坡上隨便種種番薯就可以餵飽肚子。

大多數坪林人都是這麼住下來的，但家家種番薯，天天吃番薯總要吃膩，於是能夠在泥地裡生根發芽長實的，便雜七雜八地種。種青菜種水稻，種芋頭種玉米，種果樹種茶葉。一再摸索嘗試，發現大部分山坡地供水困難，稻子長不好；還有雲霧多，造成某些作物缺少日照，縱使長了也長得溫吞吞的。最後，確認只有茶葉在空氣濕潤的山區裡長得最盡興。

無論是新舊的坪林街上，只要是茶行，都說自己是製茶老字號，他們確實沒騙人。尤其在老街，那些古樸的百年老屋，或是一間小小鋪面，甚至是尋常住家，牆邊總堆著幾大袋新茶。你若好奇探個頭，屋主人定會把你當成上門買茶葉的客人。淺淺的廊簷下，常會遇到幾個婦女圍著平底竹籮，忙著篩選剛製好的春茶。

商家之外，幾乎上了年紀的坪林人都有滿腹茶經，話題投機便不難喝到他們產製藏私的茶葉。我仔細想了想，全坪林大概僅剩廟裡的土地公、玄天上帝，教會裡的耶穌，不談茶經，不賣茶葉。

這幾年，詐騙事件層出不窮，無遠弗屆，教每個人時刻得提防陌生人。鄭老先生夫妻不但沒把我這個陌生人當騙子，還一再邀我進屋，陪我聊天，沖泡自己剛製好的春茶，最後連姓名電話都留給我。我離開半個小時之後，他徒步到老街選購菜苗菜籽，我們遇見了，已經像兩個老朋友、老鄰居。

走在這樣的坪林老街，等於讓我穿越時光隧道，回到幾十年前我所居住的宜蘭鄉下，同個村莊裡的老老少少彼此熟識不算稀奇，連鄰家所飼養的雞鴨貓狗，都能一一認得。

鄭老先生告訴我，老一輩的坪林人，不管是種番薯的，種稻子的，種青菜的，捉鱔魚的，捕溪哥的，揮動鑿子鐵鎚採石的，挑著擔子做小買賣的，磨豆腐醃醬菜的，甚至撥著算盤做生意的，戴著眼鏡教漢學的，統統都是種茶製茶的行家。他年輕時，出門就在北宜公路上當修橋補路的工人，回到家立刻變成種茶製茶的老手。

早年，坪林這些種茶製茶師傅，曾應邀遠征各地傳授技術，憨厚的山裡人從未料到，隔沒多少年，那些徒子徒孫們陸續成為向自己挑戰的同行冤家。

我到各地旅遊，會事先準備好市街圖。這趟來，匆忙間只找到一張簡略的坪林市街導覽，對於更進一步探索，很難按圖索驥。途中遇到上下坡的岔路或步道，往往靠一塊沒有里程和其他數據的地名標示牌，走著走著不免迷路。好在對於一個沒有設定目的地的遊客來說，迷路竟然也能迷得不慌不忙，迷得心甘情願。

轉了幾個地方，陸續搜得零星簡介和導覽資料，才發現這個挺神祕的山鄉更神祕了，單單讀那些老地名就奇特，彷彿有說不完的掌故等在那兒讓你提問。

像崩山坑、藤寮坑、水柳腳、苦苓腳、樹梅嶺、鹿寮、黃櫸皮寮、金瓜寮、刣牛寮、姑婆寮、倒吊蓮、石空子、烏窟子、紅山水、龜窟、魷魚窟、桶盤嶼、獅公髻尾山、石槽、三腳木、大舌湖、鷺鷥巢、磨壁潭、鼎底屋、粗石斛……。

老祖宗留下的文字，最大長處是容易讓人望文生義，看象見形。崩山坑肯定慘烈的崩塌過，水柳腳理當有不少水柳樹迎風搖曳，樹梅嶺必然梅樹成林，金瓜寮可能種過很多俗稱金瓜的南瓜，剖牛寮大概是偷牛賊藏身殺牛的地方，鹿寮會有鹿群出沒；其他黃櫸皮寮、魷魚窟、鷺鷥巢、苦苓腳、石空子、石槽、獅公髻尾山、烏窟子、紅山水等等，應該不例外。可仔細打聽，有些地方並不全然。

那叫龜窟的地方，曾被誤為是盛產烏龜的山窩，其實是當地有座小山頭酷似烏龜。大舌湖也不賣豬舌牛舌，它只是北勢溪溜著滑梯累翻了，曲捲著腰身扭成迴頭彎，把整長條狀山巒困成一條上捲的大舌頭。桶盤嶼不產桶盤，而是當地一座山形似桶盤而得名。倒吊蓮指涉的，也是山的模樣像朵倒掛的蓮花。

這些保留古老地名的聚落，大多遍遠。從坪林街上來回，動輒個把鐘頭，遠的得花三、四個鐘頭。其中有住十幾二十戶人家，有三、五戶，還有孤伶伶一戶人家，門環上橫插著一根木棍或竹竿把門。大多時候，全處於雲深不知處，松下又無童子可問的處境。

屋主人什麼時候回來？沒人知曉。這種房子，有些是百年老石屋，繁衍過好幾代人，誰都不曾料到，會有這麼一天，僅留下清風明月爬到屋頂上對坐閒聊，或孤單地自言自語。

這幾年，住戶人口較密集的坪林老街，也有類似情景。走著走著，看到廊前方形石柱依舊毫不鬆懈地站得筆挺，掩上的門扇和窗扉卻顯得龍鍾斑駁。防風板缺損了，窗玻璃碎裂了，多事的蜘蛛跑來一絲絲地編織，企圖修補那些個漆黑的窟窿，微風瞧見即嬉皮笑臉地把它當作琴弦彈奏。

我跟著整排機車、腳踏車，一塊兒擠在走廊下呆立良久，為的是想聽那微風彈奏的曲調，究竟是〈思想起〉還是〈望春風〉。也有不少改建過的住屋，緊閉著鐵捲門，乏人收取的信件和廣告傳單，胡亂地塞在隙縫裡。

我從宜蘭開車來，一進坪林便覺得走任何街巷都必須安步當車，才能捕捉到它的美麗。如果想再深入其他村莊聚落，不管是七歲，或是七十歲，人人需要的應該是一輛腳踏車，一輛機車，或是越野吉甫車。但不管如何，一定要記得放慢速度。慢，慢，慢，慢，千萬不要忘記，風景在這兒可是等你好久好久了，你慢點兒又不吃虧。

我不懂鳥，不懂昆蟲，不懂花木，不懂岩石，不懂溪流，甚至不懂茶，卻覺得天地萬物在這兒，皆與我親切。讓我能夠忘掉筋骨痠痛，忘掉繁瑣雜亂的心事，忘掉案頭上等待寫讀的焦急，簡直縱容得原本飛馳狂飆的時光，也能暫時停駐。這樣的人生，哪有什麼可計較的？要計較，恐怕還得費更多的心思去細究哩！

下午兩點過後，基本上我不喝茶或咖啡，怕夜裡睡不安穩甚至睡不著，但在這個雲霧茶香繚繞的山裡，任何人都很難堅持己見。

據說茶香和茶湯都會醉人，果然。

我坐在北勢溪灘岸的石頭上，呼吸著溪水流蕩的茶園清香，壓根兒忘了背包裡帶有書本和筆記。眼睛直盯著那溪水顛顛倒倒地奔過來，再顛顛倒倒地闖向前去，它順口吟哦著分辨不清詞牌曲調的篇章，竟是天籟。

再回頭走過老街，不管是那百年老屋的石砌牆，或長了青苔的屋瓦，不管是新建的樓房，或五顏六色的招牌，還有鋪在路面上的石板磚塊，已全被敷了一層有時橙黃有時帶點碧綠的光澤，要那種上好茶水才有的光澤。

我甚至以為，時而探頭的老太陽，也被茶水浸泡過。更不用說那午後的雲霧，或黃昏的細雨了。呵，呵！我竟然像個醉漢那樣，一路絮絮叨叨個不停。

也許我想說的是，只有包種茶才是坪林山鄉的名和姓。

也許我想說的是，只有這樣美麗和潔淨的山和水，才能匹配包種茶這樣的名和姓。

喝早茶

不少人在報刊雜誌談喫茶，我也寫個春天在外地喝早茶的見聞。

二〇〇七年二月間，到大陸做一趟江南遊，最後在江蘇興化停留好幾天。這是我第二次到這個鄭板橋的故鄉。

興化自古文風鼎盛，不知道跟喜歡喝茶有沒有關聯。它離揚州、高郵很近，「揚州八怪」當中有兩怪是興化人。

興化人留給我最深的印象，正像鄭板橋那樣，每個人都忙著不停地喝茶。我兩次到興化，季節不一樣，卻見當地人不管天熱天冷，不管白天夜晚，只要人醒著、閒著，絕對不會忘掉沖杯茶擱在手邊。

若是人在家裡，就用個大瓷杯泡茶喝；一旦外出，帶個清洗過的醬瓜瓶便是最好的茶壺兼茶杯。原先裝醬瓜的玻璃罐，附帶金屬蓋子可旋緊防滲漏，且家家戶戶都有，不必特地花錢去買，的確是最好的廢物利用。

無論攤販、農民、工人、三輪車伕，在他們工作場所的某個角落，總不難瞧見那裝著金黃茶水的玻璃罐。甚至街坊鄰居蹲坐一塊兒聊天，都會各自備著茶水，人人茶不離手。

萬萬沒想到，興化人還作興大清早空著肚子去喝早茶。

我到興化第二天，剛睜開初醒的迷糊睡眼，朋友就到飯店來敲門，說帶我們幾個外來客到老茶樓喝早茶。我心裡頭暗叫不妙，經過好幾個小時消化後的腸胃，空蕩蕩地咕咕響，這麼跑去喝苦澀茶水，那能受得了？

但腦子裡一轉念，想到香港茶樓景象，便安慰自己說，既然是茶樓，應當和香港的茶樓差不了多少，到時候先吃點點心墊底就是。

到了興化市中心一家老茶樓，發現兩層樓裡到處人擠人，彼此用著又急又快的興化腔交談，仿如熱熱鬧鬧的菜市場。只要露出一點空隙，皆騰升著溫熱的霧氣，茶水的味道、各種麵食的味道、燉煮菜餚的味道，交纏在一塊兒朝著鼻孔猛撲過來，明知道這裡邊只有茶沒有酒，整棟茶樓卻鬧哄哄地洋溢著薰人醉意。

樓上樓下，大小桌子全坐滿客人。晚到的，必須眼尖手腳麻俐，挑個吃得差不多的一桌，緊緊貼住人家椅背站著守候，學那球場上人盯人戰術，更像大人物身邊隨時準備阻擋刺客刀槍的隨扈。

朋友與老闆熟識，且事先訂了座位。我們人未坐定，服務人員已經抱來幾只老式的熱水瓶，分別在每個人面前擺上一只，熱水瓶裡灌滿熱騰騰的開水。

當我們幾個外來客面面相覷之際，每個人面前又多了一雙筷子、一只白瓷杯。朋友掏出自己帶來的茶葉罐說：「這是杭州的龍井。在這裡想喝什麼好茶，可以自己帶著來，不一定要喝茶樓準備的。」

接著陸續端上來大盤小盤的點心和菜餚，很快擺滿了一大圓桌。包括炒田螺、黃瓜涼拌海蜇皮、滷牛肉、蝦米煮干絲、涼拌干絲、茶葉蛋，熱騰騰的包子、蒸餃、燒賣、千層糕，外加兩大碗家常麵。而在那涼拌干絲上頭，還堆著大坨白粉糖，讓人拌著吃，這也是興化人特有的吃法。

我說：「這般豐盛，豈不是教我們連中飯一起吃了！」

朋友說：「沒的事，大家聊聊天，多喝點茶，很快就消化了！」

放眼望去，幾乎每一桌全是滿滿整桌的點心菜餚，每一張嘴都忙著不停地喝、不停地吃、不停地談笑，少有例外。

這樣的早茶，對我這個平常只喝水而少喝茶，甚至胡亂塞幾口早點的人，倒真是新鮮有趣。一個早茶下來，足足喝了兩個小時。

臨走，瞥見鄰桌一對老夫妻，面前也是滿滿一桌小菜和麵食，我想分量應該夠四、五個人吃。但那是張茶几式的小桌子，絕對坐不下第三個人。

回到台灣沖洗照片時，照相館老闆夫妻倆都年輕，沒用過那種鮮紅色外殼的老式熱水瓶，便指著照片問我說：「這是哪裡的餐館？飯桌上幹嘛擺那麼多滅火器！」

標語隨行

有一年春天，帶家人和朋友到大陸看牡丹，不但去洛陽、鄭州、開封，還東奔至山東菏澤，西行到緊鄰山西的三門峽水庫。看了各色各樣牡丹，看了不少中原景點。

驚訝的是，無論經過城鎮裡的老街窄巷，或拓寬中的縣市道路，或新開闢的高速公路，到處少不了各式各樣的標語和口號，熱熱鬧鬧地擠在風景裡。

也不管是平整的圍籬，粗糙的磚頭牆壁，甚或是凹凸不平的石砌坡坎，油漆標語照樣死皮賴臉地緊趴在上面。有些地方的標語層層疊疊，新標語底下隱約露出殘缺陳舊的筆畫；有的則是表面新敷那層泥灰剝落了一大塊，原先漆在底層的標語，便冒冒失失的探出一兩個字來瞎攪和。

我從遊覽車上看到路邊一處屋牆，漆了「大幹快上」這麼粗魯蠻悍的四個大字，看來語氣未完，猜不透指的是什麼意思。原來這標語漆在房子拐角，屋牆拐了彎，後半截標語跟著拐了彎，轉到屋牆的另一面去了。我轉過頭想看個明白，卻被來車道上的車陣擋住視線。

這些標語和口號，在當時被我認為較有時效性和政策性，應屬：「講究衛生，戰勝非典！」「萬眾一心，抗擊非典！」「破除迷信，戰勝非典！」「群防群治禽流感！」「學習三個代表，落實三個代表！」「搞好環境衛生，提高健康水平！」

近幾年，大陸很多城市趕著大興土木，河南自不例外。許多工地附近，才拆掉模板的高架橋柱，等待進一步施工粉飾的粗糙胚體，照樣被掛上標語布條。高速公路不及一公尺高的邊坡砌石，也沒被放過。寫的通常是：「公路連著你我他！交通連著千家福！」簡單一兩句，說得明明白白。

如果標語和招牌能稱為風景的話，它便是獨特的風景。各式各樣的標語，構成不一樣的獨特風景，到了這樣的城鎮，任何遊客也必須有這樣胸襟和認知。

像「午夜心語６０６００５」，「有聲有色６０６３６３」，一字不多，一字不少，如此言簡意賅，一組活蹦亂跳的青春密碼，年輕人一看就明白。緊接著，壓路機屁股跟著這麼一串阿拉伯數字，輪帶選礦機後頭也跟著這麼一串誘人遐思的數字，就不稀奇了。

從開封往菏澤路上，我還看過路邊幾處新堆疊的紅磚塊，正等待顧客來買回去砌牆造屋，磚塊堆顯然還來不及碼個齊整，照樣被噴上標語，彷彿一幅剛拼湊出來的拼圖，夠厲害吧！

而我看得最多的，應當是有關家庭計畫的標語。諸如：「女兒也是傳後人！」「優生少生，晚婚晚育！」「外出打工，不忘計生！」「少生快富，小康之路！」「少生優生，幸福一生！」「優生優代，利國利民利家！」

當然會有讓人一時摸不著頭腦的，像一家醫院高掛著「不孕不育」，如果在台灣，也許會被認為是專治婦女不孕的醫院，很少會想到它在幫忙民眾節育。

回台灣之後，我看到兩筆資料，其中書櫃裡一本一九八八年底出版的《中國分省地圖集》，上面記載河南省人口七千九百三十三萬人，而電腦裡二〇〇五年底河南官方網站統計，則已經有九千七百六十八萬人，眼看著直逼一億，是全中國人口最多的省分，難怪到處需要節育少生的警示標語。

二〇〇七年二月間，我到上海、杭州、蘇州、揚州、興化走了一圈。畢竟都是些工商比較發達，且快速繁榮的城市，早年粉刷在屋牆的政治標語，早已灰飛煙滅，全變成了貼著漂亮磁磚的新砌樓房；橫跨街道的標語，也讓交通標誌或五花八門的商業廣告所取代。

這回，我沒看到「萬眾一心，抗擊非典」，或是「少生快富，小康之路」的標語。倒是小巷弄裡，到處噴著一串電話號碼，尾巴上跟著「辦證」二字，開始我猜它應當類似台灣的代書行業，問清楚了才知道不是那麼一回事。

當地朋友說，他們什麼證件都辦，不管是北京大學、清華大學的博士學位證書，給錢就有。如果是稀罕少見的，只要給個樣子，管你是美國哈佛、英國牛津、日本京都大學的畢業證書，要什麼有什麼。

那台胞證呢？

嘿！台胞證算什麼，台灣護照、國民身分證都造得出來。還有，清朝皇帝的聖旨哩！要康熙有康熙，要乾隆有乾隆，看你喜歡哪個？

難道公安不抓嗎？

抓！只是抓也抓不完。

興化市是鄭板橋家鄉，市區裡有許多彎彎曲曲、只容兩個人擦肩而過的小巷弄。常會遇到一些人家，把那剛用多孔煤球生火而冒出濃煙的圓筒爐，端到門口等煙消火旺。這種住戶密集的巷弄，除了漆上電話辦證廣告，再也沒有什麼空間可供張掛標語。

倒是有幾家看起來暗糊糊的水餃店、小麵館或炒栗子攤，店主人不忘在門口貼上信心十足的對聯「一次不來，是你錯過；二次不來，是我過錯」。也有寫的是「一次不來，那要怨你；二次不來，這要怨我」。這種看來像順口溜，也像口號的詞句，同樣被做為攬客工具。

鬧區飲食街上，有家餐館不知叫什麼名字，只見橫跨門面的大招牌，大紅底黃豔豔的字寫著：「要長壽吃驢肉，要健康喝驢湯」，看來準是專賣驢肉的吧！還有一家咖啡廳異曲同工，看不到它的店名，只掛著一長溜橫幅招牌：「我不在辦公室，就在家；如果不在家，就在咖啡廳。」

最近台灣水果在大陸市場火紅，水果攤上到處插著「台灣產」的紙牌。有一種比台灣椪柑小很多，和大陸溫州柑差不多大小的橘子，大陸人管它叫糖橘，甜度高，賣得又便宜。店家強調，這是台灣空運過來的特產。回到飯店，看到茶几上擺了兩粒免費水果，正是這種糖橘。但飯店畢竟老實多了，糖橘套袋上明白印著「福建糖橘，係引進台灣技術改良後的產品」。

市場看到一種比台灣斗柚還大的「台灣柚子」，我們當然不信。只是同行中有人便祕，於是抱了一顆回飯店品嘗，卻發現酸中還夾帶著苦澀。這種冒名水果多了，肯定會砸了台灣水果招牌。

往前十年，我曾經從蘇州搭著遊覽車南下杭州，路兩側不是水塘渠道便是莊稼，村莊聚落大都是白牆黑瓦的低矮民宅，稀稀落落的建築物上免不了漆上政治口號和標語；如今，到處是新建的民宅、別墅、大樓或廠房，一個城鎮很快就連著一個城鎮，一個社區很快連著一個社區，牆上標語大多是建商預售樓房的巨幅廣告，也有食品工廠和紡織工廠促銷自己產品。

而在市區裡許多商業宣傳，甚至採取早年解放軍擅長的「人海戰術」，用數不清的宣傳布條，把整棟百貨公司大樓密密麻麻地包裝起來，令人目不暇給。

明顯由官方主導漆繪或豎立的，大概只剩一些風景據點歡迎遊客前往的廣告或標語。板著面孔正經八擺的宣傳字句，只有在南京機場出境候機室牆上，掛著十幾幅有關愛滋病防治的宣傳標語。看來，在經濟起飛的大環境裡，官方政策宣傳還是抵抗不了經濟利益。

我在想，大概不會隔太久，台灣街頭巷弄和牆角電桿上那些像「小蜜蜂」到處亂飛的小貼紙，不管是租售房子、水肥清運、理療按摩等花花綠綠的小貼紙，也會在大陸這些大街小巷裡飛來飛去吧！

少林寺的贔屭

從小看戲知道在大陸有個少林寺，我到山東菏澤和河南洛陽看牡丹那年，聽說通往登封的高速公路已經通車，即轉往嵩山腳下去參觀少林寺。

少林寺創建於北魏太和十九年（西元四九五年），迄今已有一千五百多年歷史，可看的文物，與值得傳誦的傳奇故事，自是不少。而其中最令我印象深刻的，卻是兩隻馱負著石碑的贔屭。

相傳贔屭是龍的兒子，是一種巨鼇，也就是海中大龜。根據辭書說法，所謂龍生九子，各有所好，其中贔屭力大無窮而好負重。因此，古時候豎立石碑，尤其是皇帝或王公大臣所書刻的石碑，便以石雕贔屭做為基座，以張顯立碑者的地位。

在少林寺眾多碑石中，大多採方形基座，只有少數由贔屭馱負。參觀時，各旅行團的導遊，必定引導遊客到其中一隻贔屭旁邊，說明贔屭是龍的兒子，是個大力士，再重的物品牠都能夠背負，因此大家只要用手去撫摸贔屭頭部，自然地會從贔屭身上汲得精氣神，使自己身強體壯，無病無恙，長命百歲。

旅行團多，遊客人數不少，往往圍擠成一團，爭先恐後地去摸那隻大石龜的頭部。有人從其他遊客隙縫間伸出一隻手摸過了，也許覺得汲取的精氣神或有不足，硬是再擠進身子，用兩隻手掌在那石雕贔屭頭上搓了好幾個轉轉，才心滿意足移開腳步。母親入境隨俗，摸了說希望能祛除她偏頭痛的老毛病，也要我去討個健康。

於是，這隻贔屭的頭部，多年來已被遊客摸得光溜晶亮，部分雕刻紋路漫漶模糊，頭頂甚至不知何故被削掉一大塊。

等我在寺內繞了一大圈往回走的時候，卻發現那隻頭部油亮的贔屭附近，另有一隻同樣馱負著大石碑的贔屭。這一隻石雕贔屭頭部和身上各部位，色澤看來有些暗淡，卻都保存著岩石特有的粗糙質地，遍布那種好像能夠透水和呼吸的細孔，雕刻紋路凹凸分明，每一道凹槽間都積藏著淡綠青苔，顯然很少被人撫摸過。

我想，這一隻未獲遊客垂青的贔屭，所以被人冷落一旁，除了牠蹲伏的位置與遊客遊覽步道有些距離，牠昂首的角度似乎也不及先前那隻贔屭大，因此較少引人注目。朋友看我楞在那兒，問我怎麼回事，我不自覺地嘆了口氣說：「這就是際遇哪！」

朋友以為我在為這隻被冷落的贔屭抱不平，我說我的想法正好相反。我請朋友再多觀察這一隻贔屭的神情，然後我告訴他這隻贔屭因為少了遊客騷擾觸摸，神態從容，有一股說不出的優閒自在。

當那陽光和柏樹枝葉的影子，在牠身上輕輕拂來拂去時，從牠半瞇著的雙眼和略微上翹的嘴角，彷彿可以看出來牠已經感受到陽光和樹影在幫牠搔癢哩！

朋友朝我笑，笑聲由鼻孔裡噴出來，顯然對我的說法不以為然。

我說，你要是不信，過三、五百年後再來看牠們，那隻每天受到遊客青睞撫摸的贔屭，眼睛、鼻孔、嘴巴可能都會被搓摩得辨不出形貌；而這一隻被人冷落的贔屭，可以預見的，必定還是從容自在地馱著這塊大石碑。

武則天的笑容

河南洛陽南郊的龍門石窟，與甘肅敦煌莫高窟、山西大同雲岡石窟，並稱為中國三大石刻藝術寶庫，都被聯合國教科文組織世界遺產委員會評定為世界文化遺產。

世界遺產委員會認為，龍門石窟展現了中國北魏晚期至唐代的四百年期間，最具規模和最為優秀的造型藝術，也代表了中國石刻藝術的最高峰。

龍門石窟緊貼著半山腰綿延一公里，大窟二十八處，小窟則不計其數，遠望彷佛一個大蜂房，布滿密密麻麻的蜂巢。曾經有文章描述，石刻佛像多達十四萬二千二百八十九尊。

由於雕鑿造像時期先後延續幾百年，而後更承受了一千多年來的天然崩塌和人為破壞，佛像數目記載每因年代不同，出現不一樣的數據。

根據民國初年學者調查資料指出，大小佛像共九萬七千餘尊，其中光是遭到破壞的大佛就有一百八十尊，小佛更多達七千二百七十五尊。

我到洛陽旅遊，特地前往龍門石窟，看到不少佛像殘缺不全，有斷了手腳，有頭部被削掉，還有的佛龕裡空蕩蕩地，只剩下一株豔黃色的野花駐守在洞口。

石窟管理單位一個駕駛電氣接駁車的老司機告訴我，大陸文革期間除了紅衛兵去敲碎石像，也會有老百姓偷偷把石像扛回家，設法粉碎後，研磨成石灰敷上自家牆壁。

究竟龍門石窟還有多少佛像和石刻藝術品？從目前大陸相關網頁上找到的統計資料顯示，現存石窟一千三百多個，窟龕二千三百四十五個，題記和碑刻三千六百餘品，佛塔五十餘座，佛像九萬七千餘尊。

諸多石窟佛像中，以奉先寺盧舍那佛給人的印象最深刻。奉先寺也是龍門石窟規模最大，吸引遊客佇足停留時間最長的露天摩崖大龕。它興建於唐朝咸亨三年（西元六七二年），集合了當時最頂尖的匠師，花費四年時間才完成。

佛龕南北寬三十六公尺、東西深四十一公尺，雕有十一尊佛像，主佛盧舍那高十七點一四公尺，面容豐腴飽滿，端莊慈祥，修眉長目，嘴角微微上揚，使整幅面相不但流露出智慧的光芒，也流露出盧舍那佛對人間的關懷。

據〈造像銘〉記載，奉先寺興建時，武則天曾「助脂粉錢兩萬貫」，同時親自參加了盧舍那佛開光儀式。還有一種說法是，武則天當了皇帝之後，曾經在奉先寺召見群臣。

可能就是武則天曾為興建奉先寺捐出脂粉錢，以及後來兩度迎奉佛骨舍利等親近、信奉佛教的事蹟，使後人對這個女皇帝留下些許好印象。

在我遊覽龍門石窟那一天，就聽到有些旅遊團的導遊，趁遊客們瞻仰凝視盧舍那佛之際，加油添醋地編造一則傳說，指稱一千三百多年前負責建造奉先寺的唐朝石雕匠師，在構思如何雕鑿盧舍那佛容顏時，曾經大傷腦筋，後來靈光一閃，偷偷地以武則天做為模特兒，所以現在大家所看到盧舍那佛含蓄優雅的笑容，正是武則天的微笑。

這則人們信手拈來的故事，竟然也能把游客拉回到一千三百多年前的歷史場景。只是一般遊客往往忽略了隔著伊水對岸的香山，還值得一遊。

香山曾是唐朝詩人白居易晚年居所，也是最後長眠的地方。

白居易出生於河南新鄭，曾在重慶、杭州、蘇州、長安等地當官，後來擔任河南尹，喜歡洛陽這座城市，晚年經常到香山小住，自號香山居士。他的詩平易近人，老嫗能解，都是膾炙人口的傳世作品。只要讀過古詩的人，應該都讀過他詩作〈琵琶行〉、〈長恨歌〉。

我登上香山石階的時候，曾經回頭眺望對岸的龍門石窟，看到的景象是石窟台階、棧道上，遊客如織且密密麻麻地絡繹於途；但過橋來香山探望詩人的，顯然少之又少。

唉！自古文人多寂寞，想來白大詩人必定早就習慣了。

菏澤牡丹

洛陽牡丹甲天下，菏澤牡丹勝洛陽。乍聽之下，我以為是旅遊業者的宣傳噱頭，實地走了一趟，還真的不假。

從河南開封搭兩個多小時遊覽車，東奔山東菏澤，看了牡丹之後再回到開封，等於花掉一天行程，當時覺得有些冤枉。等到進了洛陽的國家牡丹園，才發現，満澤牡丹真的漂亮，確實比洛陽的好看。

相傳洛陽牡丹原本長在長安（今陝西西安），唐朝武則天當政時，自以為可以號令天下，在某個嚴冬大雪紛飛的日子裡，竟然帶著酒意下詔：「明朝遊上苑，火速報春知，花須連夜發，莫待曉風吹。」隨即著人擊鼓催花，果然在一夜之間看到百花齊放。百花叢裡，唯獨牡丹文風不動，於是武則天立即把抗旨的牡丹從長安貶到洛陽。

未料，牡丹離開長安帝都之後，在洛陽開得更自在。消息傳到武則天耳裡，盛怒不已，立刻下令軍隊把洛陽牡丹燒個精光。誰都沒想到，那些遭了火焚的牡丹，竟然像浴火鳳凰，到了第二年春天重生，爾後再開花時朵朵都比過去豔麗，使洛陽牡丹從此馳名天下。

至於菏澤的牡丹，當然不是被哪個皇帝從長安或哪個城市謫降的。根據當地文獻記載，菏澤牡丹是四百多年前由一戶好奇的趙姓人家，從洛陽帶回去試種的。試種結果，發現這個古稱曹州，位於山東、河南、江蘇、安徽四省交界的菏澤，非常適合栽植。進一步經過現代學者地質分析，更證實菏澤有廣達百分之七十以上土地，皆適合牡丹栽植。我參觀的時候，菏澤市栽培牡丹的面積已廣達三萬餘畝，包括一千多個品種，是全世界種植牡丹最多的地方。

遊客到菏澤看牡丹，最便捷的地點在曹州牡丹園。這座一九八二年闢建的園區廣達一千二百畝，遊客一進園區賞花，即刻穿梭在花團錦簇的小徑間，各色牡丹緊貼著遊客身邊競豔，有的牡丹花株高過人頭，運氣好的時候花朵會偎到耳畔腮邊。

每年四月下旬至五月中旬的國際牡丹花會，正是繁花盛開時節，人在園中往往看得如醉如痴。如果能仔細欣賞，包括稀珍品種的魏紫、趙黃和綠牡丹，都不會漏失。

走在園區裡，最令我稱奇的是，一千二百畝的花園除了小部分育種苗圃，搭有遮陽網棚外，皆暴露在攝氏二十五度以上的驕陽下，含沙質的黃泥地顯得非常乾燥，園區內也不見任何水管佈設或自動灑水措施，真不知道那些碗大的嬌嫩花朵，如何受得了乾渴。更怪異是，每一區塊的牡丹都種得密密麻麻，不像菜圃或果園多少留點間隔距離，方便園丁澆水、除草、噴藥或施肥。

偶遇一名荷鋤婦女，正巡園修補供人們賞花的黃泥小徑，便開口向她請教。對方笑著說，牡丹到了開花期，仍然枝繁葉茂，不必噴藥施肥，更不用澆水！

她看我依舊一臉錯愕，即揮動鋤頭，在緊貼著小徑的花圃，掘了一個十幾公分深的窟窿，教我往那泥窟窿裡瞧。眼下看到的是那洞裡的黃泥地顏色，不但比表層黃泥地深濃許多，土質也不像表層那樣鬆散，顯然蓄含水分。

她看我表情釋然，便抬高下巴驕傲地說，這就是菏澤比任何地方適合栽種牡丹的原因，能有如此優越條件，老天給的。

在菏澤市區一些道路中央的安全島上，也種有牡丹，同樣開著花朵。可能是來往車輛廢氣汙染，所有牡丹枝幹都顯得低矮，花朵也小了許多，有點像被久置室內的盆栽，搬到外頭照照太陽，當然不容易看出國色天香的貴氣。

在黃河上航行

到了河南，黃河變成一首哼個不停的綿長樂曲，時而激越昂揚，時而沉厚雄渾。我住在鄭州旅店裡，感覺那發自黃泥地胸膛深處的音符，猶如天邊滾動的雷霆，貼近我枕邊顫動且吟哦不已。

也許，在半睡半醒之間，它只是一個人杳看地圖之後產生的幻象，或是年少時讀過的地理教科書裡，那沉睡多年的精靈，突然從我腦袋裡甦醒過來。

聽說鄭州郊外就有個黃河古渡頭，能讓遊客坐船遊河，當然要去。

鄭州的黃河古渡頭，已經開發做為觀光客遊河的碼頭。遊客服務中心牆壁上掛了好多位國務總理，和外國貴賓到此一遊的照片。這個碼頭從外觀看，顯然與一般河海碼頭不同，找不到類似河灣、港澳等水域挨著，也看不見可供船隻繫纜停泊的樁柱，以及遊客登船的浮橋或棧道設施。

鄰近只有一處凹字形的土堤。凹槽底部不見流水，砂質的黃泥地上，處處散布著拳頭大小的石頭，和這兒一攤、那兒一攤的小水窪子。

原來，河道遠在一大片稀稀疏疏的樹林之外。隱約間，傳到耳畔的聲音，讓人分不清是風吹枝葉的聲響，抑或是黃河湍流的喘息。

放眼望去，比樹林更遠處是偶爾會颳起風砂的黃土大地，連接著迷濛的天邊，辨不出河道在哪兒。我想，我站的地方所以叫黃河古渡頭，可能是從前河道流經此地，後來逐漸外移了吧！

在歷史上，黃河一直扮演著放蕩不羈的流浪漢角色，河道南南北北地搖擺游移，不難想見。

教人納悶是，候船的土堤下方，只有一道朝遠處延伸出去的黃泥灘，乾燥得像條黃泥路，看不見水道，船怎麼駛進來載客？又往哪兒去遊河？正當大家一頭霧水，胡亂瞎猜之際，有人自以為是的說，黃河流沙沉積，哪能行船，要坐也只能坐皮筏，如今一口氣來了幾十個遊客，為皮筏吹氣的船家一時間肯定忙不過來。

想起早年讀的書裡，的確告訴過我們，黃河水急灘險多流沙而不利行船，要在河面上航行，必須製作一種叫「羊皮筏子」的渡河工具，這是沿岸農民老祖宗傳下來特殊技藝。

它利用整隻羊的皮囊充氣後，再以竹木架併串繫住八至十數個皮囊，持木槳充當尾舵，即可載貨順流而下。等貨物換了錢裝進荷包，便將每個皮筏裡的氣給放掉，龐然大物立刻剩下一面竹木框架晾著扁癟的皮囊，輕鬆扛上肩膀，走陸路回家。

在古渡頭，有個牧馬農民告訴我，縫製皮筏的羊皮，宰殺時不開膛，而是從其頸部去其骨肉，再紮住頸部四肢等缺口，浸泡桐油後風乾，就成了可充氣的皮囊，朝裡吹足氣自然能夠浮在水面。

皮筏不全是用羊皮囊併串，也有用牛皮做的，牛隻個兒比羊大，其皮囊容量加倍，通常必須由幾個肺活量大的輪流朝裡吹氣。曾經有人誇口，他一個人吹的氣足夠了。周邊人聽了不相信，都認為對方說大話。據說「吹牛皮」的典故，就是這麼從黃河邊冒出來的。

我們一行人比手畫腳站在鄭州黃河古渡頭好一陣子，突然傳來隆隆聲響，遠看像一輛尾巴拖著滾滾塵砂的坦克車，由遠而近，這才發現人家已經不用吹牛皮了。

靠近來的，是一種稱做「水陸兩棲氣墊船」的科技產物，正是取代傳統皮筏載客航行河上的交通工具。只要啟動引擎，鼓足船艙底下比羊皮氣囊還要大幾十倍的氣墊，再急速地轉動尾巴上兩具特大風扇，整艘船馬上像箭矢射出那樣飛馳前行，無論沙洲礫石灘或水道湍流，都難不倒它。

幾年前，我橫渡長江時坐過渡輪，一種連人帶車一塊兒載的平底駁船，把我和接送我的轎車，一起從南岸的鎮江帶到北岸的泰州。當時只覺得江面遼闊，平底駁船彷彿被頑童撥弄的大腳盆，在江水裡左右搖晃。有時為了閃避來來往往的大船小船，船來船去橫衝直撞，彼此都不忘慌張地撳響汽笛。交錯的引擎聲、汽笛聲，似乎也拉近了河兩岸的距離。

記得當時也是春天，江上吹颳的風還是寒刺刺的，幾個人躲在突出的駕駛台下避風，卻又耐不住嗆人的柴油味，只好一面將身子躲進牆角避風，一面忙著把脖子斜伸出去迎風透氣，順便瀏覽江上風景。

而航行在黃河的氣墊船，引擎聲音特大，航行速度也快。若是行駛在沙洲或礫石灘，船尾兩具大風扇會捲起風暴，所經之處飛砂走石；如果有人膽敢站在它側面或後方，保證灰頭土臉。遊客坐在船艙裡，只要不打開窗子，倒是可以透過散布沙塵的窗玻璃，安全地欣賞河兩岸風光。

鄭州鄰近黃河中下游交界處，氣墊船從古渡頭飛砂走石地奔馳了一段不算短的黃泥灘後，由京廣鐵路橋附近駛入黃滾滾地水流裡。船先逆流而上，再掉頭讓遊客順流回味一下先前風光。

黃河水道無論寬窄深淺，一律黃濁濁的，黃濁濁的水流遍布著黃濁濁的小小浪花。偶爾露出一片沙洲，一樣颳著黃濁濁的風沙，吹向黃濁濁的遠方。恐怕只有陽光硬是從雲霧間隙探頭時，這片打瞌睡的天地才會睜開眼睛、展露笑臉，顯出幾分澄亮喜氣。

河水緩緩地流動著，似乎看不出驚險。我們的氣墊船靠著南岸一條水道前行，南岸蜿蜒起伏著一脈不算高的山稜線；轉頭望向北岸，只見遼闊的沙洲光禿禿地，騰挪著黃灰色的霧氣。無邊無際的天地間，卻連隻飛鳥的蹤影都找不到。

船朝西航行了十餘分鐘，到了一個叫桃花峪的地方，近岸山稜上高聳著一座界碑，界碑告訴人們，船已經從黃河下游進入中游。繼續西行幾分鐘後，山頂豎有「鴻溝」二字，此地便是滎陽古戰場，相傳是二千二百年前漢劉邦與楚霸王項羽兩軍對峙的地方，也就是成語所說的「楚河漢界」。

氣墊船在此掉頭回航，隱約可望見北岸有一抹模糊樹影，船上的人說，此地河道寬約八公里。寬闊的河面上，除了同屬遊河的氣墊船外，不曾看到其他船隻。

回程途中，氣墊船洩了氣停在河中一片光禿的沙洲上，這片孤島似的沙洲，距桃花峪岸邊只間隔著四、五十公尺的水道，對岸有幾匹馬低著頭認真地吃草。

看我們氣墊船在沙洲登陸，立即有三個農民利用一艘類似台灣溪河裡的鴨母船，一人撐船，一人忙著把滲進船裡的水往外舀，另一人則俯下身子牽著一匹馬兒，讓馬兒貼著船邊游泳，一起渡河。

小船採順水斜插航向，朝著沙洲過來，速度還不慢。這三個農民把馬匹帶過河道，原來是想招攬遊客乘騎拍照做生意。其實，這樣的生意，在我們啟航的古渡頭和京廣鐵路橋附近沙洲就有，那裡馬兒成群，不但讓遊客騎著拍照，還能夠騎著在沙洲上馳騁轉悠。

大陸稱黃河是母親之河。離古渡頭不遠有處公園，特別豎立一座母親懷抱幼兒的雕像，白色雕像溫馨傳神，遊客大多不忘以此為背景拍照留念。

「不到黃河心不死！」雖然不曾乘坐皮筏，也沒有時間在那平野似的沙洲上騎馬，但能夠在寬闊河道上來回航行，心裡頭還真的圓了一個夢，了了一件心事！

後記

讀和寫的日子

寫散文超過半個世紀，近幾年也寫些小說。不知道自己還能寫多久？寫出什麼篇章？唯一肯定的，是會不斷找尋、發掘喜歡的題材，認真去寫！

除了寫作，閱讀也是這輩子戒不掉的癮頭，彷如扁擔兩頭各自吊掛一具籮筐，左右肩膀輪換著挑。簡直是前生幾輩子積欠下來的債務，債台高築，怎麼還也還不清。

所幸，朋友大都認為，我一切如常。

換句話說，應該沒有老年失智，沒有耳背眼瞢，講話不至於結結巴巴，算是還能派上某些用場的堪用品。

何況讀和寫，又不是耕犁、漁撈、砌磚、開路、挖礦做苦力，理應駕輕就熟。

其實，人能挑多少斤兩，能走多遠路途，偶爾唬唬人卻騙不了自己。

單以面對書房裡的群書為例，某些書已經讀過多遍，甚至翻到老舊脫膠，或受潮濕空氣滲透而布滿霉點如繁星，本本酷肖熟識大半輩子的老友。於今檢視，每每一臉茫然，模糊失焦。

只能安慰自己，這不算壞事——至少，它們永遠都是我喜歡一讀再讀的「新書」。

讀過的忘了，更糟糕是親手一筆一畫寫出的，也不一定記得住。有時只好重複翻閱讀過寫過的篇章，讓它們影影綽綽地打記憶底層浮現，試著遊戲般地拼湊堆疊，重組圖像。

年輕時，每天被工作逼得團團轉，感覺日子過得非常緩慢，拖拉一天何止二十四小時；上了年紀退出職場，終於卸下重擔復歸懶散，無視於時間的威脅恐嚇。

卸掉刷卡機、簽到簿及功課表等韁鎖，自以為海闊天空，不受拘束。經常像隻蠹蟲，躲藏書頁或電腦鍵盤縫隙。

在屏息凝神構思時段，究竟具備何種身分？真真假假，連自己都糊里糊塗。

結果，只得將想到、猜到的，知道、不知道的，過去和未來的，耳聞目睹與心底胡亂編造的，絲毫不加隱瞞不任意掐頭去尾，讓它盡現眼前。宛若農夫篩選種子，必須先行攤開曝曬，再作仔細過濾。

卻從未想到，一旦開始舒坦度日，總把讀書寫作和吃喝拉撒睡摻和一團，根本忽略了同樣一具鐘表，時間竟然撒野跑得飛快，似乎無所事事，無所事事的，人就老了。

無論寫散文，夾帶寫小說。兩者都不曾接受學術訓練和滋養。全靠讀和寫，自我摸索揣摩。

這麼寫，說好聽少掉約束，其實是一邊哄著燭火照看前路，一邊自我壯膽地向前跋涉，肯定比其他作者多拐了很多彎，繞了許多冤枉路。

長期以來，不管讀者或作者習慣將散文歸屬非虛構文類，而縱容小說胡天蓋地、神鬼不忌。好在近些年，凡事講求自由自在，才開始有人主張高興怎麼寫就怎麼寫。

我這一路走來，正占著這些好處，下筆鮮少顧忌。寫作那一瞬間，儘管問所寫對象是否熟悉且是想寫的？一旦確認，即簇擁著構思中的人事地物，拚命往前衝刺，任憑字詞指使差遣，義無反顧。

倘若欠缺這股勁道，縱使寫好一大篇，照樣會把它埋進故紙堆，關在電腦檔案裡，做短暫拘留或永久放逐。像古時候文人形容的，束之高閣。

欣賞他人作品，同樣改不了如此脾性，總先看那作品是否寫得認真。至於自己寫出的文章有沒有人願意推敲，我和大多數創作者 樣，單知道埋頭認真寫，讀者在哪兒？並不知曉。

寫作和唱歌、畫畫一樣，有人當作功課去為日記本寫，有人為思慕的戀情寫，有人為報刊雜誌編輯寫，還有專為某些特定獎項評審委員寫……。

最後究竟多少人讀它，恐怕很難找到答案。我想，這正是早年一大伙以寫作投稿為日常生活旨趣的朋友，一個個丟盔棄甲轉換跑道的原因吧！

近幾年網路書寫興起，任何人樂意書寫勤於貼文，立即有人按讚，迅速累計人氣。而在那源源不絕的讚聲中，到底有幾個人詳細閱讀甚至有所領會，實在很難找到答案，但至少能夠給書寫者打打氣。

我老覺得每天時間不夠用，欠缺耐性，且對電腦認知有限，最初除了因為電腦常當機丟失文稿，才闢設部落格張貼發表過的文稿，作為備份存檔之外，電腦頂多是我的中文打字機。就像我在〈黃昏的景致〉所寫的，既害怕觸及「非死不可」，當然不敢隨便「賴」！

因此，怎麼讚都讚不到身上，持續書寫全靠自己鼓舞自己。

二〇一三年夏天，陽明大學附設醫院的醫師朋友告訴我，院區將被宜蘭市公所闢建一段形同盲腸的狹窄道路，不但把這個清朝和日據時期的縣衙門故址一剖為二，還要將庭院裡僅存的十幾株老樟樹強行移走。

官府為開路動輒移樹砍樹，很難令人苟同。於是我擅自借用這些老樹名義，代他們寫下一封遺書〈群樹遺言〉，刊登在九月二十四日《聯合報》副刊。

沒想到這封替代群樹寫給市民的「訣別書」，立刻獲得熱烈迴響。見報第二天開始，便有民眾發起護樹行動，陸續設置「搶救陽明大學附設醫院老樹聯盟」、「宜蘭醫院老樹後援會」及「搶救陽明醫院老樹團」臉書，轉載翻印〈群樹遺言〉散發。

一群彼此陌生的年輕人，更不約而同地放下手邊工作，天天跑到樹下輪班守護，不讓市公所進行移樹前的截枝斷根工作。同時製作護樹胸章，發動「我要大樹，不要馬路」的連署活動。

六千多人連署的護樹行動，迫使縣政府出面找專家審查，把群樹中的十一棵老樟樹公告為保護老樹，且依據《文化資產保存法》提報審議，經由全數通過，創下台灣第一件以老樹群作為文化景觀登錄的案例。

〈群樹遺言〉這篇兩千七百字散文，終於讓我見識到文字並不全然那麼靜態，有時候它還真能使出力氣，讓書寫者知道讀者在什麼地方。你說，我去哪兒找藉口，好教自己放棄繼續書寫呢？

寫散文無論寫景寫情、說事論理，大都不難體悟自身便是書寫者，絕對不是站在前後左右冷眼旁觀的魔幻身影，也非藏身腦殼肺腑的妖精鬼怪。

這和寫小說的感受，確實大異其趣。寫小說時，往往閃躲暗處，要不然就站上雲端，裝扮成隱形人。可以隔岸觀火，可以慫恿唆使，可以毫無顧忌地出出壞點子，進而胡言亂語裝瘋賣傻，反正讀者很容易忽略掉幕後那個藏鏡人。

我每每寫下幾篇散文，想要開始寫小說，便蒙起頭臉隱藏自己，或假裝另一個我。嘿，那可是十分愉悅的餘興選項。到最後，更是不分散文小說，總要設法攛掇躲藏於字裡行間的精靈，競相吐露心情和故事。

在讀和寫的日子，我會平心靜氣地欣賞別人書寫的文章，也會高高興興地用紙筆或鍵盤記錄想寫的字句。跟隨別人書裡那些妖魔鬼怪同進同出，甚至將手裡紙筆和電腦鍵盤，權充降魔伏妖的法器，戲耍舞弄一番。

在讀和寫的日子，我通常不分春夏秋冬，不去管冷熱晴雨，如同騎著一匹活潑過動的馬兒朝原野奔馳，而心頭悟得最高明的駕馭技巧，當是信馬由韁。

如此，連風絲拂過面頰，都吹著快樂的口哨，自然會忘掉迎面撲來的是得意，或者失意。

九歌文庫 1193

山海都到面前來

作者 吳敏顯

責任編輯 羅珊珊

創辦人 蔡文甫

發行人 蔡澤玉

出版發行 九歌出版社有限公司

臺北市105八德路3段12巷57弄40號

電話／02-25776564・傳真／02-25789205

郵政劃撥／0112295-1

九歌文學網 www.chiuko.com.tw

印刷 晨捷印製股份有限公司

法律顧問 龍躍天律師・蕭雄淋律師・董安丹律師

初版 2015（民國104）年6月

定價 **280元**

書號 F1193

ISBN 978-957-444-999-6

（缺頁、破損或裝訂錯誤，請寄回本公司更換）

國家圖書館出版品預行編目資料

山海都到面前來 / 吳敏顯著. – 初版. --
臺北市：九歌, 民104.06

面； 公分. -- (九歌文庫；1193)

ISBN 978-957-444-999-6(平裝)

855 104006560